생각의 끝은 늘 길에 닿아 있다

이동일의 시로 쓰는 세상 일기

이동일의 시로쓰는 세상일기

생각의 끝은
늘 길에 닿아있다

한 번은 역사에, 또 한 번은 세상에

내게 있어 시란 무엇이었을까? 아마도 내 삶의 '생명 줄'이었던 것 같다. 하나의 사물과 사건, 단어와 문장을 가슴에 품고 다듬으려 애쓰던 순간들이 떠오른다. 80년대 시대 상황 속에서 스무 살 청춘을 맞았던 때부터 쓰기 시작한 시는 매 순간 나를 벼리는 무기였다.

그 후 이십칠 년의 세월이 지나 나의 시들은 타자기를 거쳐, 워드프로세서와 컴퓨터로 옮겨오며 삶의 연장선상에서 늘 함께했다. 몇 년 주기로 한 번씩 묶어놓은 시들은 내 삶의 기록이자 길을 찾는 이정표가 되어주었다.

사적인 기록일 수밖에 없는 나의 시들……, 그래서 출판을 결심하기까지는 고심이 많았다. 80~90년대의 시들은 흑백사진처럼 시대에 뒤떨어진 기억의 저편으로 느껴질 것이기 때문이다. 하지만 어제가 없는 오늘은 없는 법, 오늘이 없이 내일을 기약할 수는 없는 일이기에 삶의 시편 모두를 담기로 했다.

1부는 1982년부터 1995년 사이에 쓴 시들이다. 시기별로는 학생운동시절, 지역운동과 노동운동시절, 변혁운동 조직에서 이탈한 시절로 나뉜다. 당시의 치열했던 문제의식들이 반영되어 있다. 어떤 때는 자신을 뒤돌아보고 또 어떤 때는 선전과 선동을 목적으로, 또 어떤 때는 회한에 가득 차서 토해 놓은 글들이다. 지금 보면 생경할지라도 이 시들은 오늘을 되짚어 반추할 수 있는 역사적 기록이라 믿기에 감히 세상에 내어 놓는다.

　2부는 2002년부터 2009년 봄 사이에 쓴 시들이다. 사업을 시작했던 1996년부터 2001년까지는 공백기다. 단 한 편의 시도 쓸 수 없었던 명분 없는 삶이었고, 생존에 내몰리던 시절이었다. 자본의 논리에 충실했던 건축 사업이 3년을 넘기지 못하고 패가망신한 후 현장에서 등짐 지며 홀로 일어나 희망이 보이던 때가 2002년이었다. 우리 살림집(한옥)의 현대화, 대중화라는 사업적 목표를 분명히 하면서 집을 매개로 '삶'과 '사람 관계'를 다시 보게 되었다. 그때부터 다시 시를 쓸 수 있었다.

　그래서 이 책에 실린 시들은 온전하게 내 생을 비추는 거울이다. 80~90년대 그 뜨거웠던 사상과 열정을 아직 가슴에서 내려놓지 못해 일상으로 돌아온 삶에서도 '지난날을 되새김질하고', '낡은 시선을 애써 부정하며', '어찌 사는 것이 올바로 잘 사는 길인지' 묻고 또 묻는다. 그래서 이 시집은 스무 살 청년에서 마흔일곱 살 중년에 이르는 과정을 한차례 매듭짓는 일이다.

　한 번은 역사에 다 던지고, 또 한 번은 세상에 다 던진 삶. 추슬러 안고 남은 생, 어찌 살다 가야 할지 묻고 싶은 것이다.

2010년 4월
이 동 일

생각의 끝은 늘 길에 닿아 있다

차 례

제1부

1. 부활의 행렬

2. 시여 내게 다시

길

생각의 끝은 늘 '길'에 닿아 있었다
어찌 사는 것이 잘 사는 길인지

남보다 공부 잘해, 좋은 대학 가서
사회적으로 인정받는 직업을 갖는 것이 '길'이라 배웠다
돈 잘 벌고, 똑똑한 배우자 만나
알콩달콩 자식 키우며, 잘 먹고 잘살면 장땡이라고 했다
큰물에서 놀아야 한다는 생각에 있는 힘 다해
겨우 서울 입성하여 고속도로에 올라타는 듯했다

생각의 끝은 늘 '길'에 닿아 있었다
어찌 사는 것이 올바로 사는 길인지

가고 오는 끝도 없는 행렬
어디로 가는지 묻지 않고 떠밀려 흐르는 것이 '길'임을 알았다
'이건 아니야' 고개를 젓는 순간
광야의 들판과, 산과 바다가 그렇게 다가왔다
무리를 벗어난 한 마리 양처럼 두려움에 떨었지만
새 길은 자유와 평등과 평화가 가득한 '빛나는 길'이라 믿었다

생각의 끝은 늘 '길'에 닿아 있었다

어찌 사는 것이 인간답게 사는 길인지

'자본'과 '권력'의 영속적 지배를 타파하려는 깃발
하나가 열이 되고, 열이 백이 되어 세상을 뒤엎는
인간해방의 '길' 인줄 알았다
소로(小路)가 대로(大路)가 되고
고속도로와 나란히 또 하나의 길이 되었을 때
경계를 튼 차량들에 뒤섞여 썰물처럼 떠밀렸나니
가도 오도 못한 채 하늘을 보았다
진정 인간답게 사는 길은 무엇인가고

생각의 끝은 늘 '길'에 닿아 있다
어찌 사는 것이 잘 사는 '길' 인지

세상 속 고속도로도 아니고, 세상을 뒤엎는 새 길도 아닌
그저 있는 듯 없는 듯 존재하는 세상은, 호구지책의 길이었다
비가 오면 해가 뜨고, 바람이 자면 평온한
그렇게 나이 들어가는 세월, 시간이 '길' 임을 알아갈 때
끝나지 않는 '길', 끝나지 않을 '길'
어디로 가는 걸까, 어디까지 갈 수 있을까 다시 묻나니

생각의 끝은 늘 길에 닿아 있다

1. 부활의 행렬

꽃

불어온 바람에 흩날리고
쏟아지는 빗속에 떨어져도
원(怨)도 한(恨)도 갖지 않고
해와 함께 웃는
꿈 많은 소녀

꺾이는 아픔까지도 감내하며
화들짝 웃는 의연성은
생사(生死) 초월의 자태

봉오리 터지는 환성과
떨어뜨리는 숙연함에
생사의 전부(全部)를 두고
피어난다

떠날 수 없는 그에게

소주잔을 받고
연거푸 담배를 빨면서
허공만 바라보았다

잔과 잔을 부대끼고
손과 손을 잡으며
설움에 겨운 눈으로
서로를 바라볼 수밖에 없었다

현상을 이야기하면
본질을 들이대고
인식이 어떠니 하면
실천이란 문제를 내놓았다

현실을 이야기하면
과거의 역사로 돌아갔고
내일의 희망에 담아
새날이 올 거야
툭툭 치며 일어서던 술자리

'청자'를 피워대면서도
목이 아픈지 몰랐고
오늘이 고달파도 참을 수 있었다

'광장'을 이야기하며
우리의 광장은 어디에 있느냐고
소리치던 그가

우리 곁을 떠난단다

소주잔을 받고
담배를 피워대는 것은 변함이 없지만
이제 우리는
역사와 철학을 이야기하지 않는다

술집을 나와 걷는 그에게서
지쳐버린 현실의 그림자를 본다

'씨팔'을 연거푸 하며 내 가슴을 쥐어박던
'일어서라'며 내 뺨을 치던

모든 것은 변한 것일까

의견과 반론
뒤범벅된 땀방울의 얼굴이 지워져간다

어둠이 내릴 때

떨어지는 가을햇살
비추는 내 모습은
먹이를 찾아 헤매는 한 마리 수캐

늙은 은행나무는 가지를 흔들고
제 멋대로 흩어지는 나뭇잎 사이로
여린 빛이 사위여간다

어둠을 싫어하는 청순한 햇살만이
몸부림쳐 핏빛 노을을 만들고
소리 없이 어둠이 온다

대낮의 긴 행렬들 속에서
꿈틀대던 그 무리는
이 밤 무엇을 꿈꾸는가

원점

하나의 원점으로 돌아가
새로운 출발의 의미를 새긴다

언제나 원점에 서 있는 느낌은
오늘도 자신을 원점으로 돌리는
초라함을 느낀다

하루, 하루가 원점으로 돌아간다면
삶 자체도 원점을 맴돌고 있는 하나의 정점

살아있음 또한 멎음이라면
원점과 원점
보이지 않는 하나의 선을 긋는다

내 삶의 선상에서
멈추지 않는 원점의 연결들

살아있음에 또 하나의 점을 찍는다

떠난 이들을 생각하며

한 움큼의 모래를 쥐었을 때
하나하나 빠져나가는 모래알들
남은 몇 알의 모래알을 보며
산다는 의미를 본다
차라리 흩어진 모래로 둘 것을
거듭 쥐며
잃는 아픔을 더해가는 이유는 무엇일까
어느 것 하나 소중하지 않은 것 없다지만
떠난 것에 대한 연민은
잃는 아픔의 고통이 쌓인 탓일까
차마 돌아설 수 없는 쓰린 아픔이
떠난 모래로 향하는
마지막 기원이려나

장미에게서 가시를

땅거미가 지면
길동무는 집으로 간다
가로등엔 어둠이 내리고

보금자리로 찾아든 날짐승은
서로의 깃을 핥으며
체온을 나눈다

변한 것은

가시를 잃어버려도

꺾인 채 피어나는 장미

설움의 웃음으로
박탈당한 꿈을 찾는다

땅거미가 지면
길동무는 집으로 가고
어둠 속 가로등은 불빛을 토해낸다

사랑

어둠이 깊을수록 새벽을 알고
죽음의 향연 속에서 새 삶을 보듯

벗어버린 껍질과
퇴색해버린 생명 속에서
갓난아이의 터져 나오는 생명 소리를 듣는다

숨 가빠하며 주저앉던
과거의 생애는 종막을 지었다

해방의 새 생명은
끓어오르는 분노와 사랑 속에
새 싸움을 부른다

억압받는 자들을
억압과 착취에서 해방시키는 것
억압하는 자들을
그 억압의 행위를 중단하도록 만드는 것

그것이 사랑이다

생

번뜩이는 지혜도 사라진
무(無)의 공(空)

육체의 삐걱거림으로 말하는
유(有)의 색(色)

침잠하는 내면의 자기유희는
끝없이 속박된 자유

터져 오르는 분노로도 씻을 수 없는
육(肉)의 고뇌는 사(死)

죽음을 부르는 투쟁은 생(生)

자살연습의 끝

골방 마루에 뚜껑을 제치고
화해버린 자살도구를 꺼낸다
숨 막히게 뿜어내는 가스에 중독되어
미칠 것같이 달라붙는 '죽음' 이란 단어

연탄가스에 매료되어버린 삶이
수없이 다시 태어나지만
죽어서 살고, 살아도 죽음과 같은
반역의 그림자가 종식될 그 날을 위해

연장된 불씨 위에
시커먼 탄을 올린다
이제
연습은 끝이다. 끝 !

나는 아무것도 아닙니다

나와 당신이
일체가 되자고 몸부림치던 날들 위에
그대를 떠난 나는 아무것도 아닙니다

당신이 유약할 때 나는 벗이었고
내가 동요할 때 당신은 채찍이었습니다
연민의 깊은 정 그리워 긴 밤 내 지새울 때
최전선 싸움터에 몰아세우던 당신

당신은 나에게 너무도 큰 스승이었습니다
당신의 명예에, 당신의 그 큰 믿음에 누가 될까
가슴 졸여 사무치는 정 쏟았지만

일생 당신 곁에서 떠나지 않겠다던 나의 맹세는
이제 한낱 허구가 되어 나를 때립니다
당신을 떠난 나는 아무것도 아닙니다
아무것도 아닙니다

스물두 살의 비망록

살아가는 의미를 되새겨
한 점 부끄럼 없이
살고자 몸부림치는 날들이여

오랜 시련
움츠러든 비겁함과 초라함 속에
나부끼며 방황했던 날들이여

낙서처럼 써본 무수한 삶의 고뇌
냉엄한 겨울의 한복판에서
아우성치며 봄을 노래하고 싶은
젊음 날의 가슴이여

겨울나무 녹일 봄소식 안고파
기다리며, 지치지 않고 싸우는
내 삶의 길이여

모든 것은 떠나버렸나

황혼이 물들어
깃을 나누던 보금자리
찾아들던 무리는 떠났다

어쩔 수 없다고 떠나버린
숱한 이들의 그림자를 붙잡고
황량한 도시의
밤이슬을 마신다

받지 않는 선술을 마시고
'나약하고 감상적인 너로부터 벗어나라' 는
선배의 질책을 떠올린다

도시의 네온사인은 유혹하고
황량해지는 의식은
반항을 달린다

coffee shop을 나오며

엉덩판을 뭉그적거리며
어깨를 찌그러져라 비벼대는
남녀의 정(情)어린 시선들

질식할 것 같은 담배연기 속에
카랑카랑한 금속성의 마찰음을 뒤로 하고
coffee shop을 나온다

길가에 쪼그리고 앉은 여인의
음부를 도둑질하고
카페에 걸린 나체 사진을 흘겨보며

자신까지도 도둑질해버리고 마는
타락한 정신 속에
혼미하게 찾아드는 거리

이성(理性) 앞에 욕망(欲望)을 묶어두고
방황하던 coffee shop

조가비

폭풍우 몰아치는 바다

부서져 파편으로 튀고

몰려왔다 밀려가는 세월의 거친 풍랑에

몸뚱이 모두 내주고

고운 빛깔 머금은 너

부서져 아름다운 조가비의 꿈

낙엽

스치는 바람에 지는 잎
봄날의 기억들 저편으로 밀어내는
찬바람 등에 지고
푸른 청춘의 빛 잃어
낙화된 몸뚱이

콘크리트 회색 도시의 장송곡만이
너를 위안할 뿐
너의 땅, 거름으로 묻혀
푸르게 빛날 새 봄으로
다시 올 수 있을까

햇발

죽음이 없이는 부활이 없다
호롱불 속으로 뛰어드는 하루살이와 같이
다가갈수록 자기를 태우는 희열에 몸을 맡기며
살아가는 우리의 젊은 날은
햇발처럼 타오른다

어둠의 역사가 만들어낸 고뇌의 밤은
햇발의 여명으로 씻기고
고통과 회한의 숨결들은
햇발의 여파로 물드는 파도의 핏빛 여운마냥
깊은 파도 속으로 빠져든다

창가의 성애보다 진한, 인생의 앙금과 고독이
햇발을 타고 퍼져 나간다

달배의 아침

먼동이 트기 전
선잠을 깬 달배*

무엇으로도 미화할 수 없는
잠과 바꾼 노동의 시간

가난에 자기를 얽매고
새벽 거리를 뛰어가는 이 땅의 아들들

허나, 아침은 좋은 것

찌그러진 깡통이라도 차며
아우성치는 아침이라도 맞을 일이다

* 달배 : 신문 배달 소년들을 일컫던 말

날마다 비 내려

낮에도 밤에도
비가 내린다
어두운 하늘에서

며칠이고 계속된 비는
한강 위험수위를 넘었다
하늘은 무엇을 말하는 걸까

태평양이 넘쳐, 대한해협이 넘쳐
쪽발이 양키 놈이 이 땅에
홍수처럼 밀려오는

연일 신문과 방송은
수재민 구호를 외쳐댈 거다

재벌들은 몇 천, 몇 억, 몇 십 억을 들이밀고
여기저기 허울 좋은 국제 원조
코쟁이, 쪽발이 상표 달고 도착할 거다

밀려오는 홍수 속에 둑은 터지고
협력이란 이름 아래 자행된 침략과 종속은
개방과 국제화로 포장될 거다

마침내, 마침내
국적 없는 SOUTH KOREA는
태평양의 거대한 파도에 휩쓸려
전 한반도 이 땅 모두를 내어 주리라

젊은 예수

젊은 예수는
금속으로 잘 치장되어
목에 걸려 있는 액세서리가 아니다

십자가에 피 흘리는 고통의 숨결이
우리의 닫혀버린 가슴을 두드리며
시뻘건 피로 다가온다

사랑은 피의 대가라는 것이다

석고로, 나무로, 금속으로 된
액세서리 예수가 판을 칠 때
빡빡한 어둠의 거리 맨몸으로 싸우는 젊은이들

예수의 부활, 우리들의 젊은 예수들

부활의 행렬

향이 타오른다

분홍빛 꿈이 피로 물들어
역사는 좌절을 말해주었지만
검은 리본의 행렬로 타오른다

역사는 말했다
스팔타쿠스 노예반란의 숭고함을

그러나
십자가의 피 흘림으로 끝난,
아!
예수는 그들을 보고 무엇이라 말했을까

도시의 네온사인은 더욱더 화려해지고
신문의 활자들은 더욱더 견고해져 가는데

'최고 발전은 언제나 사멸의 언저리를 도는 것'

가려진 슬픔과 함성이
검은 리본의 행렬로 다가올지라도

아버지여
왜 나를 버리시나이까
통곡하던 예수

피할 수만 있다면 피하게 해달라던
예수

그는 부활하였다

안보와 반공

분단의 삼팔선 위에 나부끼는 성조기
콧대 높은 미8군 병사의 펑퍼짐한 엉덩이가
깔고 뭉갠 반도의 남쪽

달러와 핵무기가 조국강토를 유린하고
대리통치자의 아첨이
벗겨진 이마만큼 착취의 폭을 넓힐 때

우리는 무엇을 하고 있었던가

공수부대의 칼날로 짓밟혀진 누이의 주검을 두고
미국이 우리를 도와주러 올 것이란 환상에 사로잡혀 있을 때

'안보는 우리의 생명입니다'

'한반도의 안정과 세계의 평화를 위해서'

안보여, 반공이여
민중의 민주주의와 생존권을 저당 잡힌
분단이여

너 자유여 !

억압받는 자의 깃발 아래 이름 지어진
신의 메시지, 너 자유여

그대는 생명을 앗아가는 흡혈귀처럼
우리의 피를 요구하지만

진정한 피의 대가도 오지 않는
그저 그것으로서의 자유, 너는 자유니라

너에게 붙여진 이름으로 하여
대가를 지불하리니

동굴 속에서 어린아이의 울음이 들리고
제국의 전쟁을 깨는 정의의 전쟁이 일고

그 뜻을 알리기 위해
수많은 사람이 태어나고 죽어가리라

2. 다시, 껍데기는 가라

다시, 껍데기는 가라

피지 못한 젊음이 스러져갔듯
민주주의와 민족통일의 꽃이 피기도 전에
미완의 4 · 19는 군사정권의 군홧발에 짓밟혔다

대열의 선두에 서서 목소리를 키웠던 자들이
군사정권에 투항해 들어갈 때
어느 시인은 이렇게 외쳤다

가라! 껍데기는 가라!
4월도 알맹이만 남고 껍데기는 가라!

강요된 침묵과
나라 전체가 거대한 창살 없는 감옥으로 변해도
모두를 죽일 순 없다

유신정권이 시퍼렇게 날뛰는 70년대 어느 날
젊은 사회운동가에게 사형이 구형되었다
그는 이렇게 외쳤다

"영광입니다"

'죽인다는데, 죽는다는데, 목숨이 끝난다는데……'
늙으신 어머니의 인자한 얼굴도

40

흙에 거칠어진 아버지의 마디 굵은 두 손의 훈훈함도
모든 것이 소리 없이 사라져 버린다는데

"영광입니다"

그는 병상에서 암과 싸우며 죽어갔다
결코 타협하지 않고, 견결히 싸우다 죽어갔다

민주를 가장한 70년대 열혈 투사들이여
이제는 가라
민주화투쟁도 알맹이만 남고 껍데기는 가라

목숨을 내던진 처절한 죽음 위에
인간사슬로 꽃피운 6월항쟁을 딛고
공장의 울타리를 넘어선 7·8·9월 노동 대투쟁

그 숨결 위에 전태일이 있다
그 역사 위에 골리앗 항쟁이 있다
그 자랑스러운 노동계급의 전진 위에 전노협이 있다

골리앗 크레인 같은 거대한 몸뚱이로 다시 일어나
'산별노조 건설' '민주대개혁 투쟁'으로 나아가
천만 노동계급의 해방과 칠천만 겨레의 해방을 향한 진군나팔을 울려라

이제 더 이상
이 나라의 노동자는 임금노예가 아니다
이제 더 이상
이 민족의 노동자는 이기적인 계급이 아니다

이 나라와 이 민족의 주인임을 당당히 선언한
칠천만 겨레, 오직 하나의 희망
자주— 민주— 통일— 노동해방의 빛나는 길 위에 우뚝 선
하나의 계급, 천만 노동자의 이름으로 외친다

가라, 껍데기는 가라
오직 가진 자들의 목소리가 판을 치는
파쇼—보수 대통합의 물줄기에 투항하는
사이비 민주주의, 소심증과 패배주의는 가라

5월 광주항쟁도
알맹이만 남고 껍데기는 가라
6월 민주항쟁도
알맹이만 남고 껍데기는 가라
7 · 8 · 9월 노동자 대투쟁도
알맹이만 남고 껍데기는 가라

가라. 가라. 다시, 껍데기는 가라

3. 앉은뱅이 꿈

앉은뱅이 꿈 1

어머니

해방이 분단이 되고
분단이 전쟁이 되는
모진 겨울
당신의 머리에선 피고름이 흐릅니다

당신의 한 손은 오그라들고
다리는 뼈마디만 남아
앉은뱅이 걸음걸음 새겨 넣으신 눈물의 세월

어머니

당신은 왼손 빨래를 하고
앉은뱅이걸음으로 청소를 하고
앉은뱅이 어미로 자식을 낳으셨습니다

몸을 피한 방공호에
'빨갱이가 숨어 있을지도 모른다' 는
이유만으로 던져진 미군 병사의 폭탄은
스무 살 당신의 꽃다운 영혼을
짓밟았습니다
일본의 서슬 퍼런 식민통치가 끝나고

'해방'으로만 알고 달려온 이 민족에게 찾아온 것은
미군병사의 군홧발이요, 자주적 통일 민족국가의 억압
분단을 통한 신식민지 지배였습니다

어머니의 몸뚱이는 갈기갈기 찢기우고
50년의 피고름이 당신의 영혼을 갉아먹을 때까지
어머니, 그래도 당신은
온전히 걷겠다는 소망을
한 번도 포기하지 않았습니다

앉은뱅이 병신 된 어미의 몸에서 나와
온전한 몸뚱이로 성장해가는 당신 자식들의 걸음걸음 위에
어머니의 소망은 실려 있습니다
그러나
당신이 진 형벌은 너무나 가혹했습니다

당신의 세월은
두 발로 온전히 걷는 새 생명으로의 회생이 아니라
당신 한편에 남았던 반 쪼가리 몸뚱이마저
모두 앗아가 버렸습니다

자식이 떠먹이는 음식도
내 손으로 처리할 수 없는 대소변도

말라버린 눈물이 되어

아, 어머니
당신의 가슴은 피눈물로 젖고
당신의 영혼은 눈물마저 말라
더는 태울 수 없는 불꽃이 되어 소진되어 갑니다

어머니

민중

팍팍한 가슴팍 말라버린 젖가슴에
뼈마디 앙상한 어머니의 손을 쥐면서
당신의 고통에 이지러진 세월의 비수가
십자가 되어 다가옵니다

분단과 전쟁의 50년 세월에
육신의 피고름이 넘쳐흘러
'사상' 마저 저당 잡히고 만 이 땅

생존의 몸부림도, 정치민주화의 요구도
민족을 하나로 통일하자는 것도

'빨갱이 같은 새끼' 라는 단 하나의 딱지로 단죄하는
반역의 땅 반역의 세월

당신에게 던져진 미군병사의 폭탄이 그러하듯
전 한반도, 남단의 민중들에게 들씌운 사상의 족쇄는
당신의 몸뚱이가 소진되어 가듯
병 되어, 병 되어, 깊은 병 되어 우리를 갉아먹습니다

'해방자' 요, '은인' 이며 '영원한 우방 미국' 의 숭배자들은
분단을 정당화하고
북괴의 적화야욕이 남침을 호시탐탐 노리는
전시의 한반도를 가상화하는 데 성공하였습니다

'숭미', '반공', 천하의 진리가 한반도 남단을 지배해갈 때
어머니 당신이, 당신의 병으로 인해
죽음을 받아들이지 않았듯

노동자 민중의 처절한 몸부림
민주주의에 대한 갈망과 통일에 던지는 몸짓들이
불꽃처럼 일어섭니다

온전한 걸음걸이,
두 발 가진 인간으로서 소망을 버리지 않았듯

당신을 닮은 이 땅의 민중들은
숨죽여 고통을 감내하지 않았습니다

어떤 이는
자신의 모든 기득권을 포기하고 노동현장으로 갔으며
또 어떤 이는
자주, 민주, 통일의 대의에 목숨을 바쳤습니다

드디어, 드디어는
작은 불꽃들이 모여
노동자 민중의 거대한 함성으로 피어오릅니다

'숭미', '반공'
'자본'의 가치가 하루아침에 무너지고
'자주', '민주', '통일'의 기치가
한반도 남단 노동자 민중의 손에 의해
해방을 향한 몸짓으로 타오릅니다

당신의 육신은 소진되어
말 한마디, 따스한 손길 한 번 보내지 못해도
반신불수 당신이 낳으신 이 땅의 아들은
당신을 닮은 노동자 민중 속에서
어머니의 따스한 숨결을 느낍니다

'이기' 와 '탐욕'
'소시민적 욕구' 와 '개인적 가치추구'
'착취와 억압' , '불평등' 을 일거에 부수는
노동계급의 거대한 포크레인 함성으로 살아나
인간사슬로 피어나는
민중역사의 수레바퀴를 굴려 갑니다

반도의 남쪽을 깔고 뭉갠
미군병사의 펑퍼짐한 엉덩이를 걷어차고
미국은 평화의 수호자라는 환상을 깨어내며
생존의 통박으로 깨우쳐낸 평등의 깃발 위에
민족해방 장도의 깃대 세워 나아갑니다

유엔으로 포장된
제국의 전쟁냄새를 맡게 되었을 때
아,
민족의 실체는 민중이요
자주적 민족해방의 그릇에 담을 민중의 민주주의가
분출되어 오릅니다

그런데, 어머니
당신을 반신불수 병신으로 만든 자들이

아직도 이 땅에 식민의 총칼을 드리우고 있습니다

전 세계를 파괴하고도 남을 '제국의 핵'을 가진 자들이
그 핵우산 아래 남한을 지배하는 자들이
북한이 핵을 개발한다는 혐의 하나만으로
전쟁의 총구를 겨누고 있습니다

병신 된 당신의 몸을 완전히 파괴했던 자들이
민족의 위기를 지팡이 삼아
개혁의 화려한 옷을 갈아입고는
'고통분담' 포장 속에 노동에 대한 지배를 강화합니다
어머니,
세월이 가도 벗어지지 않는 역사의 멍에 앞에
눈감을 수 없는 어머니

당신은 죽을 수 없습니다
아니, 아니
죽어도 눈감아선 안 됩니다

어머니

50년의 피고름이 눈물 되어
겹겹이 한으로 새겨 넣으신 세월 속에 밟힌 설움 딛고

당신의 희망 그 하나로 새겨진
온전한 꿈, 해방의 나라로 오셔야 합니다

어머니

앉은뱅이 꿈

태어나
한 번도 자유롭지 못했던 어머니
죽어서야 당신은
그 자유를 찾으셨습니까

오므라든 손도 펴지고
짝짝이던 두 발도 가지런히
햇볕 한 번 제대로 받아보지 못한
앉은뱅이 감옥살이 끝내셨습니다

당신의 묘지 위엔
햇빛이 있고, 그 무엇도 막을 수 없는
바람이 있습니다

그런데, 어머니

당신의 묘지 푸른 나무 위
쫓아도 가지 않는 이름 모를 새 하나 날아들어
온 심장 피로 얼어붙게 만드는
울음을 토해냅니다

찌르륵 ― 찌 ― 찌
꾹 ― 꾸우 ― 꾹 ―― 꾹

잃어버린 말 그 많은 세월 속에
미소로 대신하던 숱한 이야기가
새 울음 되어, 새 ― 울음 되어 날아듭니다

죽어서도 자유롭지 못한 어머니
앉은뱅이 새 되어
울고만 계십니다. 울고만 계십니다

이제야, 당신의 무덤가에 엎어져
역사의 십자가 끝 모를 행렬 위에
한 서린 입맞춤 드립니다

어머니, 새 되어
죽어서도 자유롭지 못한 앉은뱅이 새 되어
당신의 그 못 다한 피맺힘을 토해내십시오

어머니를 너무도 닮은 민중 속에서
죽어서도 자유롭지 못한
당신의 피울음을 토하렵니다

어머니, 어머니
죽어서도 끝내 자유롭지 못한 어머니의 영혼으로
끝까지 싸우렵니다

해방된 통일조국 하늘 위로
노동자 민중의 힘찬 함성으로 피어날
당신의 영원한 자유, 그 자유를 위해 싸우렵니다

어머니, 어머니, 앉은뱅이 어머니

앉은뱅이 꿈 2
— 아이야

1

아이야
아빠의 엄마
네 할머니가 돌아가시던 해에
네가 태어났단다

그해, 네 아빠는
감옥살이 만신창이 된 몸 다리를 절며
고쳐보자고,
'변혁운동도 몸이 성해야 할 수 있다' 고 위안하며

네 어미와 함께
전라도 광주 이름 모를 산 중턱에 둥지 틀고
세속 떠난 성자모양 드러누워
제 살 태워 피를 내는 쑥뜸을 뜨기 시작했지

배꼽 아래 단전 한복판 위
개미집처럼 생긴 쑥 탑 올려놓고
9분간 태우고 또 태워, 재로 남아 살 속으로 타 들어갈 때까지
9개, 11개, 13개, 15개 숫자를 더해가며
온밤 고통에 진저리치며 하루 또 하루

어느 순간이 오면 통증이 없어질 거요
그때가 오면 멈추지 말고 피가 터질 때까지
하루가 되던 이틀이 되던 계속하시오

그것은 절망
제 몸뚱이 위에서 타는 불을 보며
고통의 희열에 몸을 맡기는 불나비
그렇게 피가 터져
육신의 죽은 피고름들이 넘쳐 나올 때 비로소 찾아온다는
육체의 갱신을 기다리며

'한 번만 살려 달라' 고, '오늘 하루만 그냥 넘기자' 고
울며 도망치는 네 아비 붙들어 매고
네 어미는 그 큰 눈망울에 맺힌 이슬로 이 아비를 붙들어 앉혔단다

그렇게 이십여 일, 피가 터져
쑥 탑을 올려도 올려도 고통스럽지 않다는 그 순간 찾아와
'이제 온전히 걷겠다' 는 희망의 아침을 맞을 때

아이야
그날 밤 꿈, 이 아비는
붉은 도깨비 방 대공 분실에 쓰러져 있었단다

'너 같은 빨갱이 새끼 하나 죽이는 건 문제도 안 돼'
내리 밟히는 구둣발, 수갑 채운 손목이 부르터 올라
더 이상은 욕조 속에 내 머리가 처박히지 않기만을 바라며
인간이기를 포기당한 그 순간

온통 붉은 방음벽 위엔
미칠 것 같은 삶의 유혹이 던져져
'살고 싶어'

파괴된 육체, 어쩌지 못하는 의지
좌절과 절망 속에 몸부림치며 아비는 끝내
무릎을 꿇을 수밖에 없었단다

'지도선' 의 자취방을 불어주고
그렇게 20일 지나,
천국이랄 수 있는 구치소로 던져졌지

아이야
1.75평의 공간은 차라리
이 아비가 숨기에는 너무도 넓었단다
자신을 견딜 수 없어
밤마다 밤마다 놀라 깨어나 흠칫거리는
절망의 날들은 너무도 길고 힘든 일

틀어진 오른쪽 다리, 통증이 찾아온 날
이상스러이 자유스러운 마음은
육체의 고통을 대신하여 자신을 위안하고픈
이 아비의 비겁한 절망이었어

건장한 사내 네 명이
밤마다 그렇게 나타나 내 발을 짓뭉갤 때
네 할머니는 어김없이 나타나
비통한 얼굴로 이 아들 고통 나누셨지

3사 하 15방 독거수
그 질비한 콘크리트 절망 위로
소년수가 부르는 노랫소리 하나

엄마 일 가는 길에 하얀 찔레꽃
찔레꽃 하얀 잎은 맛도 좋지
배고픈 날 가만히 따 먹었다오
엄마 엄마 부르며 따 먹었다오

그 노랫소리, 고통의 몸부림 위로
찔레꽃 노래 따라 부르며 터져 나오는
엄마, 엄마……

무통의 순간 지나 통증이 다시 시작될 때
아비의 어미는
아들, 아들을 부르셨단다

2

애타게 부르는 어미의 음성 듣고
달려온 아들에게
당신이 보내는 고통의 미소는 방 안 가득히 피어났어

그렇게 하루 가고
이 아비가 집에 간다고 할 때
네 할머니
움 텅 꺼진 눈자위로 이 아들을 놓아주지 않았지

네 작은 고모에게서 온 새벽 전화는
할머니의 임종을 알리는 마지막 울음이 되어버렸어
막내아들 보고 가시려, 기다리고 기다리셨나
네 할머니는 그렇게 떠나셨단다

아이야

네 할머니 얼굴
그 음성 알지 못하는 아이야

이 아비는 너에게
네 할머니의 이야기를 꼭 해주고 싶단다

지금은 북녘 땅,
신의주 어느 조그만 농가에서 태어난 처자가
남쪽으로 내려온 건
해방으로만 알고 달려온 45년 그해 겨울
종교의 자유를 찾아 내려온 증조모의 손을 잡고서란다

하나님에 의지하여 일생을 살아오신 증조모는
전도사였던 지금의 네 할아버지와 짝을 맞추어주셨지

그것이 1949년. 신혼의 단꿈이 피기도 전에
이 땅은 전쟁판이 되어버려
해방이 분단으로, 분단이 이념전쟁으로
끝내는 제국의 대리전쟁으로 죽고 죽이는 동족상잔이 빚어졌단다

남쪽의 군 작전권은
주한 유엔 사령관에게 넘겨져
그때부터 이 땅은 미 제국의 한 지방정부

양코배기들의 기세는
정복한 강토를 유린하는 것으로부터 시작되어
조선 처녀들은 양키들의 진상품
'빨갱이' 비슷한 것들은 인간일 수 없는
자유수호의 여신상이 저들에게만 있었단다

여신도들과 함께
지하 방공호로 몸을 숨긴 네 할머니는 그때
스물두 살이었지

빨갱이가 숨어 있을지 모른다는 이유만으로 던져진
미군병사의 폭탄은
네 할머니 머리를 파고들고
시체더미에 깔린 육신은 오른쪽 마비를 가져왔단다

누구도 거두기 어려운 전쟁판
소달구지, 리어카, 눈썰매에 얹혀
파괴된 조선의 땅덩어리 오락가락

머리의 피고름은 멈추지 않고
마비된 오른쪽 반신 오그라들어
수술에 또 수술 만신창이 되어도

아이야
네 할머니는 강인하게 살아가셨단다

전쟁고아 거둔다는 네 할아버지
통나무 하나 걸어놓고 학교 세울 때
네 증조모 돼지 닭 키우며 생계를 꾸려갈 때

네 할머니
흙벽돌집 담장 너머 맑은 햇살 벗 삼아
창틀을 부여잡고 일어서기를 수천 번
절망하지 않으셨단다

그 몸으로 사남매 낳아
왼손 빨래에 뜨개질까지
먼지 하나 없는 집안 살림 가꾸셨지

아이야
이 아비가 스무 살 철들 무렵
네 할머니는 전신불수가 되셨단다

반평생 반신불수의 몸 그 고통 누가 알기에
이제 다시 제 한 몸 가눌 수 없는 만신창이 파괴된 육체

중환자실에 누운 네 할머니는
고통의 순간이 엄습할 때마다 막내아들을 불렀단다

아들, 아들……
네 아비를 불러달라는 이 한마디가
네 할머니가 할 수 있었던 말의 전부였지

그렇게 세월이 흘러
의자에 앉아 멍한 눈 창 밖 보시며 지으시던
그 쓸쓸한 미소

이 아비 서울 유학한다고
일주일에 한 번 네 할머니 찾으면
그 큰 눈망울 눈물이 맺혀 꺽 꺽 기쁨의 눈물을 보내셨지

반가워, 반가워, 막내아들 보고 싶어
참으셨던 그 눈물 이기시고
환한 미소 떠올려 반기던 어미

아이야
이 아비가 학생운동에 몸담은 건
네 할머니가 짊어진 역사의 고통이 바로
이 조국의 현실이었기 때문이란다

이 아비가
집권당 중앙당사 겁도 없이 점거하여 구속되었을 때도
네 할머니는 의연하게 아들을 맞아주셨단다

출소한 그날
여느 때보다도 더 큰 눈망울로 반기시는
네 할머니 복받치는 옹어리
아이야
네 할머니는 이 아비에게 한 번도
민주변혁운동을 포기하라 말씀하시지 않았단다

아이야
네 할머니는 죽을 때까지
자신을 지키며 살아가신 분이란다
자식들이 받아내는 대소변에 민망해하시며
국도 물도 잘 드시지 않았지
소변을 자주 보지 않기 위한 네 할머니의 수고는
10년 넘게 전신불수의 생을 살아오며 지키신
또 다른 삶의 원칙이셨단다

등창으로 엉덩이가 썩어 들어가
뭉텅 뭉텅 이빨이 다 뽑혀

'더 이상 자식들에게 이 고통 보이기 싫다' 시며
내가 어서 죽어야
남편, 자식 자유로울 수 있다는 그 말씀 한마디 한마디에
차곡차곡 쌓인
한 서린 응어리 어찌 풀어낼까

아이야
네 할머니는 그렇게 소원하시던
고통의 끝을 보셨단다
아이야
네 할머니가 떠나가시던 날
이 아비
네 할머니 죽음 예견한 사람처럼
태연하게 장례준비
냉정하리만치 눈물을 보이지 않았단다

네 할머니가 묻히던 그날도
국화꽃 송이송이
어미의 관에 던지며 이 아비
마음속으로, 마음속으로만
해방의 장송곡을 불렀단다

엄마. 엄마. 엄마

아이야
이 아비는
어미를 땅에 묻은 것이 아니란다
이 아비 천길 깊은 가슴속에 꼭꼭 묻어
고통의 근원 뿌리째 뽑아 던지려는 모든 이들의 열정 위에
깊이깊이 묻은 것이란다

3

이 아비의 어미 떠나던 해
네가 태어나
그 고통 모르는 환한 웃음 토해냈지
네가 어미도 모르게 성큼 자라
아장아장 걸으며 따라하는 몸짓 속에
지워지지 않는 너의 할머니 영상 있으니

이 아비,
네 할머니 고통의 미소 지우지 못하고
반백 다 된 할아버지
그 곧던 정신 다 어디 가고 초로의 고통 되뇔 때
온 젊음 어미 병상에 다 쏟아 넣은 너의 작은 고모

마흔 가까이 노처녀로 늙어질 때
꺼이꺼이 우는
앉은뱅이 가족, 앉은뱅이 영혼으로
그 상처 너무도 깊구나
언제나 가슴속 눈물이 흐른단다

그렇다고 아이야
슬픔만이 남은 것은 아니란다
상처가 깊을수록
그 깊은 상처 속에 피어나는 인고와 사랑의 불길은
세상 그 어느 곳 어느 때나 피어나
앉은뱅이 어미에 대한 한 점 사랑이 되어
타오르는구나

죽음 속에서 부활이 시작되는 이 땅
앉은뱅이 가족의 꿈은 살아나니
아이야
네가 크거든 그 긴 세월 모진 풍파 다 이긴
할머니와 그 가족들을 증거하여 주겠니
반쪽의 조국하늘
제국에 짓눌린 앉은뱅이 백성
고욕 같은 노동 속에
해방 향한 치열한 삶들 노래하여 주겠니

아이야
앉은뱅이 할머니가 묻히던 그해, 네가 태어났단다

民이의 고백
— 살아남은 자들의 노래를 위하여

I. 파괴된 대지 위에 봄볕은 내리고

개나리 진달래 화사한 꽃들이 핏빛으로 물든
80년대의 서막은 죽음과 폐허 위에서 피어나는 '부활'이었다
民이는 보았다
봄의 거리에 번져가는 핏빛 꽃내음, 누이의 짓밟힌 젖무덤 위
파괴된 희망의 절망이 넘실거리는 남녘의 통한을
그리고 또 보았다
절망 위에서 피어나는 이념의 불꽃을
허위와 기만의 껍데기가 순식간에 벗겨지고
그 본질을 꿰뚫는 몸부림들을
'이 시대의 양심은 죽었는가'
비장한 절규 위에 자유로울 수 없는 젊음이
가녀린 희망의 등불 하나 받쳐들고 80년대의 암흑을 비춘다

자유, 정의, 진리의 상아탑은 껍데기였다
학문의 자유와 진리탐구는 거짓이었다
미 제국의 연방 충실한 시녀, 독점재벌에 기생하는 단순 기능자
독재에 저항을 포기하는 순응자만을 길러낼 뿐
民이는
자유민주주의의 가치가 허구임을 안 순간 시대의 배신을 읽었다
일제의 식민지 억압에서 양키를 새로운 주인으로 받아들인
해방과 분단, 그 오욕의 역사 위에 점철된

사대주의, 친일 · 친미 정치 모리배, 군사개발 독재의 이데올로기
역사의 한 모퉁이 모퉁이를 지날 때마다
피의 역사, 치 떨리는 오욕에 몸서리친다
民이는 그때야 알았다
인류의 역사는 계급투쟁의 역사
민족의 역사는 반제 민중해방투쟁의 역사란 것을
떨리는 가슴 손마디 하나하나에 꽃병을 쥐고
선배들이 가신 길 역사의 장정 위에 불타는 젊음 내던져
이 민족, 이 땅의 민중이 해방될 수 있다면
가리라, 가리라, 꼭 가리라

길고 긴 가을비의 정적 속에 허무의 상념
'우리는 과연 승리할 수 있을까' 불안감이 조여와도
새날은 온다, 반드시 온다. 이 앙다물고
철창 없는 감옥 한반도, 백골단 전경의 울타리를 타고 넘는 전쟁터에 섰다
전투마다 수많은 낙오병이 생겼지만 우리의 전진을 멈출 순 없다
떠난 이들을 달래는 음울한 술집의 잔영이 회의를 가져와도
차디찬 자취방 한기와 싸우며, 절망과 싸우며, 유혹과 싸우며
끝내 다시 일어서는 전사의 부활을 꿈꾼다

혹한 지나 우리가 만들어낸 아주 작은 봄소식 '학원 자율화'
전경, 백골단이 학내에서 철수한 봄날에
콩이다 팥이다 논쟁이 붙었다

본질은 변하지 않았다. 맞는 말이다
유화국면이다 전술을 변화해야 한다. 이것도 맞다
올가미에서 완전히 자유롭지도 않지만
숨통 막히는 지난날과 같지도 않은 현실 위에
좌충우돌 적의 의도를 탐색하며 시작된 논쟁의 꼬리는
돌이킬 수 없는 강을 건너가고 있었다
탄압이 모질수록 저항조직은 강해진다
외화된 그 어떤 것보다도 단단한 지도력이 있고
몸을 내던질 줄 아는 전사들의 결집체가 된다
보이는 탄압이 느슨해지면 저항조직도 느슨해진다
외화된 그 힘보다 내부의 지도력은 이완되고
운동의 기득권층과 혁신을 요구하는 새 시대가 부딪친다
적들은 용의주도했다
대 국민 국면전환용, 저항조직의 이완과 분열, 고립을 목표로
새로운 전투의 포문을 열었다
집회와 거리투쟁, 짱돌과 꽃병을 든 당찬 투쟁만이 전사를 빛냈으니
대중성 어쩌고저쩌고 하는 상황변화에 몸살을 앓았다
그랬다. 목숨을 걸고 싸우는 상황에서 다른 것은 그닥 중요하지 않았다
냉엄한 겨울의 한복판, 봄을 노래하는 그 자체가 중요했을 뿐

II. 혁명의 신화

民이는 던져졌다
1.75평 콘크리트 벽. 포로가 되어, 빨간 도깨비 방 비명을 지고
무릎 꿇린 채 바동거리다
던져졌다 인간이기를 포기당한 채
빨갱이 딱지 붉으죽죽한 번호표 달고
푸르디푸른 희망 거꾸로 물들인 수의 걸친 채
꺼지지 않는 전구의 불빛, 혁명의 신화 꿈꾸며
'하늘을 우러러 한 점 부끄럼 없기'를 기도하는 전사가 되어 있었다
미 제국의 한 연방주, 분단된 조국의 반쪽에서
군사독재의 총체적 부패 구조 앞에서
'혁명'이 아니고는 안 되었다
개량이 아닌 혁명. 오로지 볼셰비키적인 혁명만이 최선의 대안이었다
그런데 이게 뭔가
'눈물 젖은 빵을 먹어보지 않은 자는 운동을 논하지 말라'
품성론을 앞세우며 반미 직접투쟁론의 깃발이 民이를 덮쳤다
최대 성역인 주체사상을 남한의 혁명이론으로 복원하려는 시도는
갑작스럽게, 그러나 준비되어 대중 앞에 모습을 드러냈다
끝없는 만남, 밤을 새는 토론 속에
알맹이를 다 파먹혀버린 곤충처럼 民이의 생명은 갉아 먹혔다
비타협의 주장들이 신랄하게, 때로는 비장하게 부딪혀 불꽃을 튀겼다
선도투쟁이다…… 대중투쟁이다

좌경모험주의다…… 경험주의다
교조주의다…… 경제주의다
공세기다…… 대치기다 하는
비타협적 논쟁과 공격이 꼬리를 물었다
정신 차릴 수조차 없이 날이 새면 새로이 등장하는 깃발 앞에
하나 되기를 포기하는 당파성의 기준이 동지들을 갈라 세웠다
'객관적 현실' 보다는 '주관적 열정' 이 앞서는 혼란의 도가니 속에서
民이는 밀려났다
적들의 수배 속에 거리에 내몰린 자신을 거둘 그 어떤 조직도 없었다
오직 스스로 살아남아야 했다
혁명의 신화 꿈꾸며 불태웠던 젊음, 수인(囚人)이 되었다
그렇게 던져졌다

民이는 보았다. 조직원을 갈라 세우고
또다시 이합집산하는 조직운동의 현실을
어제의 동지와 등을 돌리고, 연애가 깨지고, 지도부가 불신당했다
그리고 끝내, 전사들이 길거리에 버려져 단순 도망자가 되었다
백가쟁명 식의 혼란이 할퀴고 간 자리에 2개의 선명한 갈라섬이 왔다
'반파쇼 민주화 민중해방' 이 중심이냐, '반미 자주화 민족해방' 이 중심이냐
그 접점에, '실천' 으로 검증한다는 진리 따라 각기 조직된 대오
집회 시위와 점거, 가두투쟁. 경쟁적 관계에 이르러 끝내 분신투쟁까지
그 골을 파고드는 프락치의 난무와 언론조작
民이는 알고 있었다

종파주의가 극에 다다른 20년대 조선공산당의 몰락을
일본 적군파의 종말을
그리고 이제, 시대를 뛰어넘어 또다시 반복되는 오류
난파당한 선상에서 선 있는 자 선 따라 움직이고
선 잃은 자 길거리 방황하는 무너지는 삶
한반도 남쪽 그 도시를 가르며 활동가들이 통곡하는 거리
民이는 그곳에 서 있었다

절망의 끝에 희망이 손짓한다던가
패배의 쓴잔 들이켤 때 봄 아지랑이 피어오르는 노랫소리 들려오니
민중 속에 자라나는 들꽃 내음 광야에 가득하다
봄이면 봄대로, 여름이면 여름대로, 가을이면 가을대로, 겨울이면 겨울대로
그렇게 살아가는 사람들, 그들 모두에겐 삶이 있다
살아가는 것 속에 진실이 있다
숨 막히는 논쟁 끝에 시장바닥에 나선 듯
시끌벅적한 세상살이 한복판은 생명력이 넘친다
혁명의 논리와 언어의 끝 모를 논쟁. 파김치가 된 영혼의 절망 끝에
그렇게도 되뇌었던 '민중' 의 품은 그리운 어머니 품이었다
목숨보다 소중하다는 조직 선을 놓아버린 활동가들에게
살아남기 위한 최대의 운동 강령은 '스스로의 힘으로 일어서는 것' 뿐
입에 풀칠하고, 운동조직을 굴려가는 경제력도 자립해야 했다
정파의 눈이 아니라 민중의 눈으로 보고 판단하는 열려진 세상의 믿음
바로 그것이었다

혁명의 주력 노동계급이라는 미지의 희망이 아니라
기름때 젖은 작업복, 땀 냄새나는 무지렁이 노동자
관리자 앞에서는 벙어리가 되고
출세를 위해서는 동료를 배신하기도 하는 그 속에
삶과 운동이 함께 있었다
이제, 民이는 모든 것을 확실히 알아버렸다
기만적인 6 · 29선언을 뒤집으며
역사의 새 주인으로 당당히 일어서는
이 땅의 노동자를 보았다
노동자는 무조건 빨갱이 사상에 물들 수밖에 없다는
이데올로기 전쟁터에서
법적으로 보장된 노동조합 결성조차
목숨을 걸지 않고는 안 되었던 이 땅에서
자주와 진보의 씨가 말라버린 줄 알았던 이 땅에서
울산 기계공단의 새 바람을 타고
마산, 창원, 구로, 인천, 안양, 전국을 때리며
민주화투쟁의 견인차로 역사의 전면에 등장했다

그때, 우리 모두는 밀려왔지
뒤 강물이 앞 강물을 떠밀어 장강을 이루는
역사의 대 법칙 앞에 우리 모두는 밀려왔어
자주 없이 민주 없다고
직선제 개헌투쟁으로 적들의 심장에 파열구를 내자던 사람들은

노동자들의 진출에 놀라 손을 놓고
혁명을 예고하고 있다고
제헌의회 소집으로 임시혁명정부를 구성하자던 사람들은
대중의 눈 밖에 나 자기들끼리만 떠들고 있었어
불안한 시선 던지던 자본가들은 재빨리
'불순세력 타도', '사회 안정'을 외치며
구사대, 헬리콥터에 살인적 백골단 투입해 각개격파
자본의 축배를 들었지
호남사람 호남사람대로, 영남사람 영남사람대로 대통령선거에 목을 매고
자신들의 대통령 만들기에 넋이 나가
야권 분열은 민족민주운동 진영을 갈라 세우고
끝내 사분오열한 대중의 패배감 위로 자본과 권력은 축배를 들었지
과정에서의 미숙함, 결과로서의 패배
누구도 책임지지 않는 모순된 운동세계는
언제 그랬냐는 듯이 또 그렇게 가고 있었지만
물꼬 터진 장강이 멈추는 법은 없는 법. 흐르고 있었어

Ⅲ. 종파가 운동을 말아먹는다

혁명의 성지 모스크바, 인민의 아버지 레닌 동상이
그 인민에 의해 포박당하고 끌어내려질 때
미 제국에 손을 내밀며 꼬리치는 옐친에게 침을 뱉었지만

한 끼의 식량을 위해 서 있는 긴 행렬이 현실 사회주의의 패배임을 알았다
하나의 좌표를 잃어버렸다
사회주의 국가에서 세습적 권력승계가 가능하단 말인가
배고픔과 낙후 속에서 '충성'을 서약하는 사상적 강제만이
그들의 주체성을 강화하는 것이라면 그것은 이미 '주체'가 아니다
또 하나의 좌표가 흔들렸다
그때, 민중운동의 중심성과 대중적 진출을 옹호하는 사람들은
대지에 뿌리박고 있었지만
명망가들이 중심이 된 일군의 사람들이
일부는 야당으로, 일부는 독자정당으로 나섰다
여전히도
민중운동을 중심으로
반미 통일운동을 중심으로……
이분법적 구분이 정파의 행위를 정당화하는 무기였으니
경쟁적 관계는 끝내 각 정파가 전취한 활동가들을 중심으로
대중을 갈라 세우기 시작했다
변혁조직 내부의 갈라섬이 서서히, 그리고 빠르게
대중의 분열로 치달았다
한 사업장 안에서도 서너 개의 조직이 각축하고
조직의 이해를 중심으로 판이 짜여졌다

그러나 民이는 보고 있다
수없는 좌절과 배신 속에서도

생존과 의리로 맺어진 노동자의 통박으로 세상 깨우친 선진노동자들이
자주, 민주, 통일, 노동해방의 깃발 힘껏 움켜잡는 것을
인텔리 노동자는
자신의 관념성과 조급함을 고백하고
소시민적 근로자는
자신의 조합주의 사고를 교정하고 노동자의 미래를 설계한다
이들이 새 세상의 주인이다
오늘은 비록 밀려왔지만
싸움은 이제부터 시작이란다
눈물의 함성 위에, 골리앗 크레인으로 우뚝 선 노동자들의 희망
좌표를 잃은 선진 인텔리들이 동요하고
좌충우돌 조직의 이해 따라 선명 경쟁을 해도
'절망 끝에 부르는 희망 노래'는 그치지 않으리

그러나 어찌하랴
'내가 예수여' 하는 사이비 광신도들의 종말론적 예언이
인생의 파국을 자초하듯
대중을 책임지지 못하는 숱한 논리와 종파들이
변혁운동을 말아먹고 대중에게서 희망을 박탈해가고 있었다
운동이라는 이름으로
아닌가, 아니라고 말할 수 있는 자 있는가
상처 입고 떠난 수많은 동지들의 통곡소리를 듣지 못하는가
어찌하지 못하여

세월 따라 관조하며, 자조하며, 침묵하는 자들의 바다
그 깊고 깊은 '절망 끝에 부르는 희망의 기원'을 듣지 못한단 말인가

"그들은 영악스럽게도 민중 전체를 하나의 덩어리로 인정하며 적으로 만드는 대본은 절대로 만들지 않았다. 그 내부를 다시 자르고 토막 내어 서로 싸우게 하고 분열시켜 놓고서 조금 험악하게 저항하면, '질서유지를 위하여' 하면서 총칼을 들이대고 앞으로 돌격하면 되는 것이었다."

"분열은 식민지 개척의 황금 어시장 뭉칠 것 같으면 총으로 찢어내고, 흩어져서 자기들 잘났다고 떠들어대면 비료 주고 물 주고 서로 싸우게 하고 너무 잘났다고 떠벌이면 다시 잡아 가두고, 그래서 이름나서 유명인사 되는 놈 몇 놈 솎아 교묘하게 키워주고 따까리도 시키면 또다시 분열이요, 또다시 혼란이다. 자기들끼리 언제나 싸우게 되어 있으니까"

그랬다

"화살은 시위를 떠나 역사의 어두운 허공을 가르며 날고 있었다. 그 화살 끝이 뾰족한 것이냐, 대공이 긴 것이냐 짧은 것이냐, 바람이 불 것인가, 안 불 것인가, 시위가 팽팽히 당겨졌느냐, 아니냐 하는 말들은 죄다. 때늦은 변사들의 변에 지나지 않았다"

"벌써 그 화살에 사람들이 죽어가고 있었고 민중들은 그 화살을 누가, 왜 쏘는 것인지 알고 있었지만 말쟁이들은 말만하고 있었다. 운동이라는 이름을 걸고 그

저 앉아서 떠드는 것이다"

"그렇다고 그들의 조국을 위한 순수한 열정이나 도덕성까지 의심하고자 하는
것은 아니다. 그 운동가라는 사람들의 많은 희생과 노력이 있었음을 인정하면서
도 그 경쟁적인 상호 노력들이 분열과 혼란을 낳는 데 기여한 점 또한 크다는 것
이다"

"역사의 거대한 수레바퀴는 오늘을 사는 우리 모두에게 그날과 같은 분열과 혼
란, 경쟁적 운동상을 유산처럼 실어다 주고 있지 않는가"

역사는 순환 반복하는 것이 아닐 진데
50여 년 전, 해방정국 그때로 돌아간 듯…… 이 참담함을 어찌할까
民이는 떨리는 가슴으로 오늘을 본다
긴 침묵 속에 피워 올린 항쟁의 깃발, 민중의 진출 위에
빛바랜 종파주의 운동을 말아먹고
역사의 뒤안길 사라져가는 수많은 군상들의 초라한 몸짓들

民이는 알 수 없었다
높은 수준의 혁명적 도덕성과 자신을 내던질 줄 아는 헌신성
민중의 대의와 투쟁의 결단 속에서 우뚝 서는 운동의 진실 앞에
비판과 자기비판이 거듭 나 열이 백이 되고, 백이 천이 되는
전사들의 조직이
왜, 이렇게 되었을까

민중에 뿌리 내리지 못한 채
내부의 사상논쟁과 정파의 힘겨루기에 진을 다 빼고
조직 내 민주주의는 간데없어
또 다른 카리스마가 조직을 이끄는 나침반이 되고
자본과 권력의 행태를 빼닮는 참담한 변혁운동의 현주소
연합조직 내에서는 야합과 정치적 술수
다수의 횡포와 밀어붙이기가 판을 친다
부르주아 정치판의 찌꺼기들이 변혁운동을 더럽혀간다
참으로 알 수 없는 노릇이다. 죽음보다 더 큰 고통이다

첫 단추를 잘못 끼우면 처음부터 다시 해야 하는 법
이제 우리, 80년대 정신으로 돌아가자
퍼덕이는 날개 거두고 지친 영혼들 쉬게 하자
다 잃은 자들만이 서로를 받아들일 수 있는 법
아집을 버리면 형제를 얻을 것이니
다시 시작해야 하는 것은 아닐까

IV. 고백

인간으로서 가질 수 있는 잡다한 모든 것을 버려야 했다
목숨까지도 버려야 했다
그러나 순결만은 빼앗길 수 없었다. 끝까지 간직한 순결

민족에 대한 사랑, 민중에 대한 사랑
사랑 없이 진정한 혁명도 있을 수 없다고 믿었다
투쟁도 하나의 사랑이었다
시뻘겋게 달군 숯불에 자신의 온몸을 내맡겨야 했던 과정들
수없이 내리 꽂히는 망치질과
한 줌의 물로 용광로에 흘러내리던 쇳물의 시련들
한 자루의 낫과 망치와 쟁기와 쇠스랑은 그렇게 만들어졌다
불과 바람, 물과 내려 때림을 수없이 당하다보면
어느새 강철은 그 모든 것을 이겨 나갈 수 있는 힘을 갖게 된다고 믿었다
강철이고자 했다
외부의 상처가 아무리 혹독하고 잔인하다 해도 이겨 나갈 수 있었다
밟히면 밟힐수록 생명력을 얻어가는 잡초처럼
그러나, 동지들 내부 서로가 맺고 있는 신뢰의 선에 이상이 생기면
그것은 곧 생명줄을 잃는 것이다
추상적 명제에 복음주의적 새날에 대한 믿음이 깨지고
동지 간 신뢰의 선이 무너진 지금
더 이상 날 수 있는 하늘도
하늘을 날기 위한 날개도 없음을 民이는 알았다
떨리는 가슴, 짧았던 만남 이후 찾아온
기나긴 그리움, 그것은 다시 사랑이었다
사랑은 기다림, 변치 않는 믿음
그 믿음에 답하는 행위
떨리는 가슴 안고 신부를 맞이하는 첫날밤처럼

아, 나는 아직도 혁명을 꿈꾸고 있는데……

4. 헛웃음

아이야

꽃이 피듯이
터져 오는 눈망울에
소리 내 오는 아이야

너의 눈을 바라보면
애비는 눈물이 난다

아장아장
걸음걸음 하나하나에
고운 숨결

애비가 잃어버린 세상의 꿈이
너에게 피어나길 비는구나

5월이기 때문에

5월 하고도 어느 날
소리 없이 비가 내린다

터진 논바닥 위
단비가 고이고

산골짝 계단식 논배미까지
트랙터 썰매질 일궈진 땅

잔잔한 어린 모싹들이
물 동동 뿌리내리고

무에 그리 서러운지
합창하는 개구리 울음

자욱하다 5월, 비에 젖은 하늘
거리거리마다

시름 어린 공장의 허연 연기
젖은 하늘 수를 놓고

5월의 대지에

삶의 고달픔이 내려앉는다

단비가 내리는데
슬퍼지는 이유는

5월이기 때문이다

헛웃음

속이 허연가봐
누가 쳐다봐도
말을 건네 와도
첫말은 헛웃음인께

허연가봐
속생각 들키지 않을라꼬
헛웃음부터 던져놓고 마는 것은
자신 없어진 그 어느 날부터

뭐가 그리 켕겨
헛웃음질이나 치게 되얄는지
모를 일이여

 '니 뭐하고 지내냐' 고 묻는 놈이라도 있으면
허……헛, 허……허…… 허.허
할 말 없은께

눈 부릅뜨고 카랑카랑한 목소리로
최전선에서 호령하는
어제의 전사가 아닌께

서지도 앉지도 못한 엉거주춤 자세로

어제의 동지들 눈빛만 마주쳐도
내려앉는 가슴, 황황한 발길

나는 안 그러리라
수없이 다짐한 그 약속
어디 가고

무수한 변명 떠오를 때마다
나로 인해 발 디딘
변혁운동의 장정 길 그들의 눈빛이

선연히 다가오는 오늘
헛웃음만 나오는 까닭을
나는 안다

서 있을 곳
서 있지 않기에
손님 같은 세상

헛웃음만 나오는 그 까닭을
털어버려야 하리

헛웃음 던져버리고

진정한 웃음 던져 줄 그런 날
빨리 와야 해

걸식증과 거식증

먹어도 먹어도 배부르지 않는 시절이 있었다
게걸스럽다고 욕하는 사람들도 없었다
어린아이가 어른이 되기 위한 통과의례로 받아졌다
그런데 이젠 뭔가?
먹고 싶어도, 덥석 받아먹고 싶어도
받아지지 않는다
세상이 받아들여지지 않는다
제국의 달러와 엔화에 춤추는 정치판
자본만을 살찌우는 노동
그 위
분단된 조국에 걸터앉아
제국의 용병, 파수꾼들이 다스리는 나라
자본과 제국의 나팔수들이 벌이는 요란한 문민개혁 잔칫상
뒤집어버리려고
둘러앉아 마시던 걸쩍지근한 막걸리 한 사발
이제는 용도 폐기 되었다고 여기저기서 나팔을 불고
이념전쟁의 시대는 가고 경제전쟁의 시대가 왔으니
국가경쟁력 강화로 모두 떨쳐나서야 한다는데……
혁명의 희망이 지나가고 그 자리에 널브러진
변절의 전주곡들이
아, 세상을 거부하게 한다
세상을 뒤집자고 다짐했던 그 맹세가
세상에 대한 환멸로 바뀌어

거부하자 한다
다시 한 번
반역의 칼날 번뜩이는 용기를 내자고
일어서자 한다

구차한 변명
— 무엇을 시작하기 힘든 날에

"하늘을 우러러 한 점 부끄럼 없기를" 갈구하던
식민지 시인의 절규처럼 연약하기만 한
1994, 이지러진 소부르주아 인텔리 혁명 전사
너의 이름이냐
그래도 나는 이 처지에
'노동의 해방', '민족의 자주 통일'을
그 총체로서의 '변혁'을 부정하지 않는다
왜냐고
그것은 내 머리고, 발이고, 손이며
심장이었기 때문이다
나의 전부였기 때문이다
그런데, 지금
너는 무엇을 하고 있느냐고 묻고 싶은 거지
그래, 나는 지금
'그 무엇도 언뜻 할 수 없는 몰골'로
앉아 있어
원했건
그 무엇이 그렇게 만들었건
그런 문제는 이제 별로 중요하지 않아
단지 지금에서야
이탈자, 방관자, 더해서는
자본과 지배계급에 동조하는 침묵이 있을 뿐
아니라고

다시 '무언가 시작할 것'이라고
'전선에서 다시 만나자'고 용쓰고 싶어도
그렇게 하지 못하는 건
그건 말이야
상처 때문인 걸 모를 거야
대가리가 욕조에 처박히고
구둣발이 정강이를 짓밟아
살려달라고 발버둥 치던 버러지 목숨이
세 번의 징역살이 끝에 남은 건
절름거리는 다리
뜸을 뜨고, 수술을 하고, 침을 맞아도
소생하지 않는
병든 육체, 그 끝머리에
이제는 쉬고 싶은지 몰라
아니야, 아니야
그래도 나는 형제들이 지키고 선 최전선 싸움터
그곳에서 죽고 싶었어
지치게 만든 건 적들이 아니었어
'동지'라고 부르던 형제들에 의해서야
당파성이란 미명하에 각기의 정치적 이념으로 패를 나누고
경쟁이 지나쳐 종파의 패악 극에 이르러
대중을 갈라 세우는 운동의 분열 그 한가운데
가슴앓이 소심한 내가 설 곳은 없었지

그래도 대중을 믿고
그 대중의 그늘 아래 죽어가리라 버티었지만
'진실' 된 인간이 보이지 않고
'목숨 걸 동지' 가 잡히지 않는 건 어쩔 수 없었지
지도자의 독선
지도부의 관료화, 기회주의적 추종만이 남은
'조직' 에서 탈출하고 말았어
물었지
지도부가, 전사가
너 혼자 판단으로 그만둘 수 있느냐고
죄인이 되었지
나로 인해 발 디딘 현장 동지들의 눈빛에
심장이 멎는 그 고통 어찌 말로 다할까
나는 묻고 싶었어
조직의 민주주의는 간데없고, 집중만이 강조되는
오직 친위세력에 의해 굴러가는 조직의 관료화가
'변혁조직의 혁신' 이냐고
나는 보았어
상부에 대해서는 기회주의적이고
하부에 대해서는 권위적인 관료주의가
부르주아의 정치행태와 너무도 닮았음을
어제는 훌륭한 동지라고 칭하던 사람들이
조직을 지키기 위해서라는 미명하에 가한

'매도'와 '압박'은 부르주아 정치판보다 더 천박했지

이런 '운동'이라면

'난 안 해' 뛰쳐나왔어

정말 잘한 일이야

그런데 이게 무엇이란 말인가

10년을 하루같이 변혁을 꿈꾸어온 혁명의 전사가

날개 잃은 새, 쪽박 깨진 거지 신세로

하루 쳇바퀴 맴을 돌고

'새로운 시작의 여지가 없는 것'

무덤이야

하지만 믿는 구석이 없지 않은 건

타락할 수 없는 순결한 혁명정신이 아직도 나를 감싸주고 있다는 것

그래, 나는

역사와 노동의 대지를 떠난 어느 시인처럼 '생명사상' 운운하며

자신의 시에 고무되었던 수많은 열혈 투사들에게

변절의 칼을 꽂지는 않았어

그래, 나는

소위 운동 경력 팔아

부르주아 정치판에 셋방살이 하는 누구들처럼

이제 시민운동의 시대가 열렸노라 외치며

노동계급에 등을 돌린 누구들처럼

기만의 나발은 불지 않았어

오직
형제여, 그대 품속에 안겨
이름도 명예도 남김없이 한평생 나가리란
그 다짐 지키고 있지 못하다는 것
형제여
나의 이름을 불러주지 않겠나
당신의 고뇌, 당신의 상처 싸안고 같이 가자고
떠도는 우리들을 잡아주지 않겠나
형제여, 나와 같은 동료들이
형제들을 일깨우고 떠메어 오늘을 열었다면
이제, 형제들이
나와 같은 동료들을 일깨우고 떠메어
내일을 열어야 하지 않겠나
그대의 열렬한 눈빛
뜨거운 손마디, 열린 가슴으로
나를 안아주게나

불타는 한반도

매카시의 망령이 살아나다

눈을 감아라, 귀를 막아라, 입을 조심해라
악령이 되살아난다
눈을 뜨면, 귀가 열리면, 입이 '말' 을 하면
반체제요, 친북이다
적대감과 전쟁 놀음으로
생존을 연장해온 장사꾼들이
세계사적 냉전체제의 해체와 평화의 열망이 한반도에 밀려오자
자신의 주머니가 가벼워지고, 또 거덜 날지도 모른다는 위기감에
덫을 걸었다. 제국은 치고 빠져나가면 뒤 따까리는 그 후예들의 몫이다
'북 핵' 위기 — 전쟁불사
가상의 전쟁 놀음이 계속되면서 매카시가 눈을 뜬다
정적을 공산주의자로 매도하며 사상전의 칼부림을 일으킨
제국의 위대한 전사 매카시
전쟁불감증 운운하며 몰아치던
매카시의 후예들이
'남북정상 회담' 의 역사적 장이 열리자
꼬리를 내리더니
한쪽 상대방의 죽음 앞에서
화려한 메카시의 본령을 이룬다
북은 '적' 이냐, '우' 냐
전범에게 어떻게 조문이냐, 친북이다
쫓아내라, 쫓아내라! 죽여라! 죽여라!

악령이 배회하는 한반도에 제국의 충실한 하나의 '신부' 있어
'애국 조선일보' 극찬하는 '용감한 지식인' 있어
위대한 조국 대한의 매카시가 '증거고 나발이고' 다 젖혀놓고
학생운동의 대중조직체 한총련은 김정일의 지령을 수수 추종하는 빨갱이다
이 땅의 농민이 우루과이라운드 반대 수입개방 저지투쟁을 하는 것도
반미 자주, 평화적인 민족통일을 추구하는 그 모든 것도
북의 조정에 따라 부화뇌동하는 친북 용공이다 좌경이다 그래서 빨갱이다
아! 미 제국의 매카시보다 백 배 더 천 배 더 확실한 우익 총궐기여
단결하라 가진 자들이여, 단결하라 우익이여
언론은 입이 되고, 극우 단체는 살맛 난 때를 만나니
배후조종자는 누구일까
거룩한 '신부' 를 매카시로 부활시킨 주범은 누구일까
위대한 '문민정부' , 양심에 따라 행동하라는 '신'
그것도 아니면 미 제국에 고용된 한국판 매카시들
아니, 아니, 제국의 매카시 후예
지금 이 시각 한반도 남쪽에선
'매카시' 의 망령이 배회하고 있다

투쟁의 미학

누군가 그랬다
"인류의 역사는 계급투쟁의 역사" 라고

가진 자와 못 가진자의 싸움에서
조금은 가진 자가 가진 자와 못 가진자 사이에서 오락가락해도
시민적 민주주의가 발전하는 '세기적 변화' 속에
'계급투쟁' 선동하는 '퇴보세력' 이 웬 말이냐 떠들어도
어제도 싸웠고, 오늘도 싸우고, 내일도 싸울 것이다
하지만 한반도 남단의 역사는 언제나
가진 자들과 지배계급의 편이었다
시민계급 운운하는 소부르주아는
자신의 피해가 없을 때만
민주주의를 옹호하는 척, 양심적인 척했다
'가진 것이 없는 자' , '노동자' 라는 이름은
'생산' 과 '세계 변혁' 의 주체가 아닌
붉은 사상에 물들 수밖에 없는 빨갱이였다
'체제수호' 의 거룩한 깃발 앞에
그들을 떠받치는 이데올로기가 생산되고 있었다
강단과 연구소를 차지한 어교수님들에 의해
'뇌' 가 만들어졌다
그것은 물론 가진 자들이 내놓은 '자본' 에 의해서였다
멋진 군모에 당당한 계급장 앞장세운 군바리씨,
그 사촌들에 의해 손발이 작동했다
그것은 물론 가진 자들의 수족이었다
거룩한 펜대 하나 굴려 놓고 목에 힘주는 언순이들이
가진 자들의 입이 되고, 치맛바람이 되어주었다

세상을 온통 빨간색 도배질을 해대는 자유민주주의의 수호자가 되었다
제일 먼저 꼬리를 내린 것은
야당입네, 시민운동입네 하던 이들이다
빨간색을 덧칠하고 덤벼들면 언제나 꼬리를 사리는
아! 이 땅의 정치사요
구역질 나는 보신주의에 국회의원 배지
빛나는 이들이여, 고상하신 시민의 대표자들이시여
가진 자들이 노동자 민중의 심장에 칼을 꽂으면
조금은 가진 자들이 침묵하고
가진 자들의 '뇌' 와 '수족' , '입' 이 하나로 몰아치면
이제 전선은
최후의 대치점을 향해 치달아간다
'총 노동' 과 '총 자본' 의 피할 수 없는 한판 승부
언제나 지는 쪽은 명백했지만
지는 것이 무서워 피하지는 않았다
내 배가 고파보지 않은 자는
결코 '가난' 을 말하지 말라던 옛 어른들의 그 명구도
소위 자수성가하고 남들처럼 고생했다는
식민지 천민자본의 탐욕과 식성 앞엔 무용하다
그렇다. 배고픈 자의 그것
천대받고 쥐어터지는 그래서 더 배고픈
노동에 이지러진 검은 얼굴들의 저 선연한 눈빛

그 눈빛을 저들은 반체제라 한다
두려움에 떨면서 '깨부수지 않으면 안 된다'고 한다
좌경이라 한다 용공이라 한다 친북이라 한다
피하려고 해도 피할 수 없을 때
방어적 투쟁으로써 싸움은 필연이다
몰아치는 회오리 속에 돌파구를 찾아 나선
노동의 전투부대는 장렬하다
투쟁으로 묶어 세워 일 떠나 산화할 때
최후의 승리를 담보해가는 우군들의 연합이 가능하다
그리고 끝내는
노동자 민중이 승리할 수밖에 없다는
역사의 진리를 확인하면 된다
그렇다. 싸우지 않는 자에겐 제 밥그릇도 주지 않는다
'인간' 이기를 포기당한 노예의 굴종만이 강요될 뿐
침묵을 깨고, 이를 악 물었을 때 그 눈은
인간의 눈빛이 되고, 타는 분노는
동지에 대한, 우군에 대한 믿음과 신뢰로 넘쳐나
수천수만의 군중대오로 밀려가는 해일이 된다
피할 수만 있다면 피하게 해달라던 '예수'의 고뇌가
간절한 기원으로 되살아날 때
밥그릇의 서러움과
모욕의 세월을 견뎌온 자만이 가질 수 있는
'눈뜸'의 세계가 열린다

싸우지 않고는 살아갈 수 없는 자들이
멋있게 지는 법을 하나씩 익혀
적들의 심장부에 꽂히는 수많은 화살이 되어 날아간다
날아가, 날아가, 끝내
적들의 '뇌' 와 '수족' 과 '입' 을 마비시키고
쌓인 화살더미에 저들을 매장할 그날을 위해
이들이 간다

끝나지 않은 전쟁

우리는 밀려왔지만
싸움은 이제부터 시작이란다
상징적 언어의 노래가 눈시울을 타고 내릴 때
끓는 심장의 고동은 더욱 거셌다
가진 자와 지랄 같은 노동귀족들이 노동조합을 차고 앉아 거들먹거리고
'문민' 의 외피 두른 '파시즘의 악령' 이 무단적 침탈을 강화해갈 때
이 땅 노동투쟁의 역사는
노동자 자신이 스스로 일구고 다듬어간 대중투쟁의 장정이었음을
또, 또 확인하는구나
공장의 울타리 밖 세계와는 담을 싸라는 자본의 지대한 명령을 어기고
담을 헐어 버리는구나, 혼자 싸워 안 되니 같이 싸우자고
너나없이 일어나 어용의 굴레 깨고 '민주' , '자주' 의 역사를 여는구나

수년의 장정 길
아니, 아니, 수십 년의 긴 장정 끝에
노동자 대중 자신에 의한 총 노동의 전선으로 치달아 가는구나
그 쓰라린 패배, 절망의 나락을 딛고
노동대중의 열망이 지도부의 준비를 넘어 흘러넘치는구나
태양도 작열했다
섭씨 40도를 오르내리는 한증막 더위에
노동대중의 열망을 더해
불붙는다
가뭄에, UR에 메말라 터진 농민의 가슴앓이에
노동의 기름때 묻은 손 더해져
아, 타오르는구나
40년 어용의 철도노조 그 유령의 허상을 벗겨내고
국가의 중추 동맥 철도가 멎는구나, 지하철이 서는구나
일 년에 평균 스무 명이 과로사로 죽어나가
한 달 겨우 십 일을 아랫목에서 잠들 수 있다는 철도 노동자들이
변형근로시간제 철폐
근로기준법 준수
노동악법 철폐
투쟁의 봉화를 지피는구나
임금억제 삼 프로요, 직권중재요 떠벌여도
전지협으로 하나가 된 철도, 지하철 노동자의 연대는
전국적 교통대란을 터트리며 저들의 간을 조리는구나

때를 만난 자본의 앵무새들이
'시민의 발을 담보로 한 집단적 이기주의' 연일 떠들어대도
저들의 잔칫상에 재를 뿌리는구나
안개작전에 현장복귀, 재파업에 지칠 줄 모르는
승리에 대한 신심을 불러일으키는
아! 자랑스러운 대한의 노동자여
우리가 뒤를 잇는다. 그 이름 한진중공업
용찬이의 '푸르른 솔',
한진의 영원한 위원장 박창수 이름을 기억하는 동지들이여
한진 노동자가 다시 일어나 천만 노동자의 선두에 우뚝 서는구나
사십 미터 고공 LNG선 갑판 대
섭씨 육십 도를 오르내리는 철판 딛고 선
강철 노동자의 쇠망치 소리가 가슴을 울리는구나
목이 말라, 맨 쌀에 울분 삼킨 천이백 노동자의 함성 위에
함께 나선 '부인부대' 의 보급투쟁이 날이 가면 갈수록 치열해져
'남편부대' 의 가장 강력한 원군이 되어줄 때
이건 또 웬 십구 세기 유물 박람회던가, 선상 위에 떠운
헬리콥터 선무방송엔
'여러분은 불법행위를 저지르고 있다. 가족의 품으로 돌아가라'
문민정부 그 해 여름
이 땅의 노동자들이 도시와 공장의 빨치산이 되었구나
최전선 싸움터에서, 각개전투로 얼룩진 상처 딛고
총 노동, 총 단결, 총 투쟁 깃발 세워

전국적 민중연대 정치조직의 깃발 아래
인간해방을 수놓을 그 날
그래, 아직
'역사'의 '전쟁'은 끝나지 않았어

나의 십자가

평시엔 눈동자만 뒤룩뒤룩
눈꼬리가 올라가는 꽃 돼지 웃음, 그였다
배고픔이 싫어
술주정뱅이 아버지의 삶에 얼굴 돌리고
그렇게 떠나온 고향
야학 다니며 깨친 세상의 통박 있어
배부른 돼지이길 거부했던 스무 살의 청춘, 그였다

나는 그가
노동해방의 전사가 될 수 있다고 믿었다
불어터진 라면을 함께 먹으며
그도 나를 동료로 받아들였다
야학에선 교사와 학생이지만, 수업이 끝나고 자취방에 모이면
하나의 조직이었다
사상이론의 준비를 거쳐 현장 취업을 서두르는 나에게
그는 말했다. 노동자 출신의 혁명 이론가가 되겠다고

놀란 가슴 쓸어안고
노동자의 힘은 현장에서부터라고 윽박질러도
그는 인텔리들에 대한 비판을 핑계 삼아
노동자 인텔리가 되어 있었다. 말만 하는 평론가처럼
그는, 지옥 같은 현장으로 다시 가고 싶지 않았는지 모른다
그는, 선진 활동가들의 모습을 자신의 모습으로 하고 싶었는지 모른다

눈칫밥 먹고, 박 터지게 싸워야 하는
노동투쟁의 장정 길에서 살짝 비켜서고 싶었는지 모른다
모두가 그랬던 것처럼

노동자 대투쟁의 파고가 지나고
메마른 장정이 시작되었을 때
새로운 전망과 혁명적 조직으로 일어서는
미지의 투쟁이 시작되었을 때
그리고 또 시간이 흘러
좌절과 회한 속, 저마다의 진로를 모색할 때
돌연히 사라졌다 나타난 그는
정보기관에 쫓기는 혁명가가 되어
환상의 피신생활을 하고 있었다

그는 어느 날
가족들에 의해 정신병원에 갇혔단다
병원에서 나왔다며 찾아온 그를
아직도 환상의 피신생활을 계속하고 있는 그를
나는 어쩌지 못했다
나 하나 추스르기 힘든 시대의 좌절 속에서
그는 나의 업보였다
그리고 또다시 사라진 그
그가 돌아왔다. 4년 만에

…… 나여, 민섭이여
사고 치고 구치소 갔는데 감호소로 보내데
나온 지 일주일 됐어

그리고 또 소리 소문 없이 사라졌던 그가
정신병동에서 탈출하여 찾아왔을 때
예전에도 그랬던 것처럼 나는 그를 거두지 못했다
몇 번의 전화 안부 끝에
연락이 두절된 그의 생사를 모른다
그것이 언제이건, 나여, 민섭이여…… 하면서
밀고 들어올 것만 같은 그는
평생을 내려놓지 못할 나의 십자가다

제2부

1. 인 생

사파리

뻥뻥이 조명, 짧은 치마에
잘 짜인 각본처럼
짝 찾아 앉은
처녀들의 꾸며진 웃음은

사파리의 맹수 같다

정해진 코스
버스 철창에 달린 고깃덩이
길목마다 앞발 들어 서 있는
포효 없는 사냥은

세상에 길들여진 '너' 와 '나' 의 모습

집

내 안에 집이 있다
별을 등 삼아
서걱이는 잔가지의 나뭇잎
내 안의 집은 춥다

내 밖에 집이 있다
도시의 화려한 네온사인 불빛
빌딩 숲 술렁이는 군상의 그림자
내 밖의 집은 어둡다

내 안에 집이 있다
질경이, 민들레 발에 차이는 언덕 길
눈 덮인 초가지붕의 포근함
가슴속 집은 언제나 고향이다

인생 1

살다보니
'내 맘 같지 않더라' 하더이다

살아지다보니
'가까이도 멀리도 말아야 할 사람들' 이 생기구요

사는 게 고달파지니
'죽이고 싶도록 미운 사람' 도 있더이다

청춘의 터널 지나
세상의 드넓은 파도 넘나들면서

'인생은 혼자서 가는 거야' 생각하니
눈물이 쏟아집니다

마흔 고개를 넘어서며
사는 게 다 그런 거지 뭐, 하다보니
정말 고마운 사람들이 많더이다

흐르는 눈물 닦아주고
내 안의 상처 보듬어 일 떠멘

'사람의 마음' 이더이다

'내 맘 같은 사람' 이더이다

그래서 또
살아지는가 싶습니다

인생 2

부-지--직
똥이 되어 나온다

잘 먹고, 고르게 소화돼
아주 잘 익은 고구마처럼
쑥-하고 밀어내면
그 기쁨 크고 넘친다

푸-타--타
똥이 되어 나온다

때 거르고, 욕심 부리면
덜 익은 된장 부글거리듯
푸-타-타-타, 똥구멍이 찢어지는
그 고통 차고 쓰리다

뿌-지--직
똥이 되어 나온다

찔끔 찔끔 싸는 똥은 가는 똥이요
참고 기다려 크게 한 번 힘주면
뻥- 뚫리는 삶의 환희

변비 걸리지 않고, 설사하지 않고
평생을 고르게 다스려야 건강할지니

인생은 똥이다

인생 3

산이 있었다, 오르라고

내리 딛고 올라서니 저만치 또 한 봉우리
봉우리 넘어 또 넘으면 그 끝은 어디인가

'작은 산이 큰 산을 가린다네
멀고 가까움이 달라서라네'

어느 소년의 시 구절처럼

큰 산봉우리 오르는 길
작은 산 구비 구비 골도 많아

그래도 산을 오르는 건
정상이 있기 때문이지

끝이 있다는 건
목숨 걸 그 무엇이 있다는 것

그래서 오른다네
끝을 보고 싶다네

오르다 못 올라 끝내 숨이 다하면

누군가 또 오겠지 믿으며 가리니

그래서 오른다네, 내려설 길 생각지 않고
오르기만 한다네

인연

만나고 헤어짐은
우연을 가장한 필연

잡으면 멀어지고, 놓으면 다가서는
가슴앓이 십 수 년

거를 수 없는 세파에 쓸려
흐르는 물처럼 떠밀려 갈 때에

억 겹으로 다가선
사람들

만나고 헤어짐은
필연을 가장한 우연

이런 연고, 저런 이유 내세워
얽히고설키어 맺어진 끈들

그 매듭 엮어 매어
하나하나 만들어 갈 때에

억 겹으로 쌓아지는
세상살이, 인생사

정동진에서

내가 바다를 그리워하는 건
끝이 보이지 않는 수평선 때문이야

새벽 바다를 찾는 건
그 너머로 떠오르는 태양이 눈부셔서지

검푸른 절망의 수면 위로
솟구쳐 오르는 불덩이, 내 가슴을 적셔

내가 바다를 그리워하는 건
밀려드는 파도 때문이야

칼날 세운 파도의 공격에도
끄떡없는 '내' 가 있어서지

'흔적' 과 '지워짐' 을 봐
반복하는 물결 속에 흐르는 가슴속 눈물

올해 다시 정동진을 찾은 건
'나' 를 닮은 군상의 '집단적 희망' 을 보고파야

살아있음을, 살아가는 희망을 만들고 싶어
해 뜨는 정동진에서

아빠는 연필로 쓴다

샤프를 쓰겠다는 딸아이에게
글씨 미워진다고 못 쓰게 하면
'이게 더 예쁜데…… 씨'

색 볼펜을 좋아하는 딸아이에게
색 연필을 쥐어주면
'뾰족하고 반듯하게 안 나온단 말이야'

그래도 나는 우긴다
그러면서 웃는다
'야, 연필을 쓰는 건 삶을 사는 철학이란다'

뭉툭하고 투박하게
지워도 되고 그어도 되는 연필은
글을 다듬고, 인생을 다듬는단다

연필 끝을 뾰족하게 세우려
칼을 들어 날을 세우는 그 잠깐의 순간에
아주 긴 여유가 생긴단다

컴퓨터 자판으로 쓰는 글은
띄어쓰기와 문장의 완결성만 보여

쓰고, 지우고 한 흔적이 남지 않아
과정이 없는 결과만 있지

다시 연필을 들었을 때
칼을 들어 연필을 깎으며 찾아드는 순간의 여백
마음의 평안이 오더라

완전한 것은 존재하지 않는단다
쓰고 지우고 다듬다가

다 닳아 몽당연필로 처박히거나
볼펜 막대에 끼워져 자기 생을 다하거나

그래서 아빠는
연필로 쓴단다. 나이 마흔에

꽃이 지는 건 슬픔이 아니다

온몸 얼어붙어
마음까지 스산했던 겨울
언뜻 피어난 개나리 진달래에
봄이 왔구나 싶었는데
흐드러진 꽃잎들 꽃샘추위에 날리고
그렇게 봄은 간다

아마도
꽃이 아름다운 건
예뻐서가 아니라
겨울을 이긴 자신처럼 느껴지기 때문일지 모른다
꽃이 지는 슬픔은
열매를 맺는 기쁨을 예비하기에 참을 수 있는지 모른다

얼어붙은 땅 뚫고 새순이 돋듯
죽은 듯 숨죽인 나무등걸에 꽃잎이 맺히듯
거스르지 않고 사는
삶의 철학을 깨친다
그래서 꽃이 지는 건
슬픔이 아니라 기쁨이거니

자연은 최선을 다한다

땅이 있고, 하늘이 있고, 공기도 있는데
산도 있고, 물도 있고, 바람도 있는데
모두가 다 있는데
나— 여기 있소, 소리 내지 않는다
솟아오르고, 깎이고, 파이고 주저앉아
깨지고, 구르고, 처박혀
바람에 날린 씨 하나 뿌리 내려 움을 틔우고
수백 년 장승배기 나무로 자라날 때까지
비 내려 물줄기가 바뀌어도
눈 내려 세상을 덮는 일이 계속되어도
계절이 가고 세월이 가도
늘 그 자리
수십, 수백, 수천, 수만, 수억 년을 그렇게
있어왔다

불이 난 잿빛 산골짝 새싹이 움트고
속내 드러낸 황토 개흙 개울 창엔 들꽃잔치
지천으로 밟히는 잡초가
여름장마 둑이 된다
울타리 쳐, 영토를 갈라
아옹다옹 지지고 볶는 세상사 뒤꼍에서
스러져 가는 미물들의 영혼을 달랜다
소리 없이, 그렇게 자연은

생성하고, 파생하며, 소멸하는
보이지 않는 창조자
늘 그 자리
늘 같지 않은 모습으로
최선을 다한다

나도 자연이고 싶다

나사못

어느 한 곳 콱 박혀
일생을 지낸다면
그 놈은 참 복 받은 것이여

이리 뜯겼다 저리 뜯겼다
박히고 뽑히는 숱한 고비 고비에
닳고 닳은 대가리

사정 봐주지 않고 용쓰는 드라이버의 끝 날에
날아가버린 꿈만 남아

일자(−)든 십자(+)든 이정표가 남지 않은
나사못이 얼마나 많은데

짱짱하고 꼿꼿하게 붙박여
한길로 살아가는 것이 소박한 꿈이거늘

봐주지 않는 세상 한복판
나사못의 세상살이, 나를 닮았다

비 오는 날에

하늘은 내려앉고
땅이 흐른다
바람이 있고
깃이 날린다
비 오는 저들에
새들은 무얼 할까
서로의 깃을 핥으며
창공을 나는 꿈에 젖는가
무너질 듯 쏟아지는 폭우도
내일이면 해가 뜨듯
비 오는 저들에, 새들은
비약을 꿈꾼다

뙤약볕 아래
지친 영혼
가라앉는 대지 숨죽여
손을 놓는다
비에 젖은 마음
또한 가라앉아
상처투성이
제 살을 핥는다

저 비가 가고 나면

가고 나면, 가고 나면
작은 날개 파닥거리며
버거운 비행을 하겠지
젖은 마음도, 영혼의 달램도
익숙한 먹이사냥에 내몰려
그렇게, 그렇게 또
살아지겠지
하지만, 내 마음엔
언제나 비가 내린다
폭우 속을 박차고 날아오르는
반란을 꿈꾼다

내 마음의 담

맨 처음 세상이 열릴 때
담이란 없었겠지
처음엔 막대기 하나 꽂아
자신의 영역을 표시하고
다음엔 돌을 놓고
그 다음엔 벽을 치고
그 다음, 그 다음엔
사람 키를 넘는 담벼락을 세웠겠지

굵은 아비의 손마디로 빚어낸
투실한 흙담처럼 살고 팠는데
세상을 향해 높다란 담을 쌓고 있는
자신을 본다
담은 높아지고
담 속에 숨은 자신은 혼자로 남는다
야트막한 토담 너머 웃음 던지던 친구들은
어느 도시 한복판에서 세월을 나는지

살다보면
나도 모르는 세상의 벽
경계가 필요하다면
그 담이 토담이었으면 좋겠다
풍상을 견딘 노인의 얼굴처럼 주름져서 더 정겨운

돌담이었으면 좋겠다
집 마당이 보이고
눈웃음 지으며 인사할 수 있는
서로를 구분짓지만, 막히지 않은
그런 담이었으면 좋겠다

삶

하루가 하루를 먹고
또 하루가 하루를 먹는 일상

하루의 쳇바퀴가
한 달이 되고 일 년이 되어
십 년 세월을 넘는구나

오늘 없이 내일이 없듯
내일의 희망 없이 오늘이 없나니

가슴속 깊은 울림으로 치받아 내는
삶은 오늘이다, 삶은 내일의 희망이다

아니, 아니다
삶은 하루다. 순간이다

생의 전부를 거는 하루
그 하루 속의 삶은 완성이다

효순아, 미선아

내 나라의 군대가
길 가던 우리 아이들을 탱크 바퀴로 깔아 죽였다면
군 통수권자인 대통령은
그 자리를 내놓아야 했을 것이다

내 나라 군대도 아닌 이방인들이
성조기 날리며
그 가녀린 꽃봉오리들을 짓밟아
민족의 천길 가슴에 대못을 치더니만

무죄란다. 사람을 죽여 놓고
미군이 발급하는 업무상 행위 증명만 하면
미군이 기소하고, 미군이 재판하고
미군 배심원들이 판결하면 된단다

효순아, 미선아!
이 나라가 자주 독립국이더냐
자유의 여신상이 저들에게만 있다더냐
너희들의 죽음은 너희들만의 죽음이 아니다

피지도 못하고 꺾인 대한의 들꽃
효순아, 미선아!
너희의 죽음 위로

질기게 피어나는 무궁화의 만개를 보고 싶구나

질경이, 민들레로 피어나
논둑 밭둑 덮어가는 해방 꽃으로 번져가
콩이다 팥이다 빙빙 도는 말장난 끝장내고
심장을 관통하는 화살이 되어 돌아와다오

식민의 세월 벗고, 분단의 아픔 딛고
너희들의 영정에
진정한 자주독립국임을 선언하는 맹세를 바치노니
너희는 영원한 우리의 깃발이다

순백의 영혼이여! 피어나라
— 12월 8일 눈 내리는 오후, 효순이, 미선이의 영정에 바칩니다

수천 백마(白馬)가
하늘로부터 투신한다
바다는 동요도 않고
백마는 무릎을 꿇어도
그침 없는 투신
흰 피를 토해내고
한 움큼의 물로 변한다

순백의 결정체가
깃발 되어 흩날린다
고정된 땅에 처박혀
백의(白衣)는 흙탕물을 뒤집어써도
적신다. 이 땅에 쌓이고 흘러
강이 되고 바다가 되어 흐르고 또 흐르는구나

침묵하는 바다는 알고 있으리
백마의 투신을
고이는 바다는 말하리
넘쳐흐를 그 날을
순백의 눈꽃, 효순아, 미선아
촛불로 다시 살아나
걷어내다오, 길고도 길었던 역사의 장막을

당신의 능력을 보여주세요

돈이란 놈이
사람을 얼마만큼 비참하게 하는지
나는 안다
그 돈이란 놈이
사람을 얼마만큼 당당하게 만드는지
당신도 안다
 '사랑하는 사람에게
당신의 능력을 보여주세요
○○카드 ……'
그놈의 돈이
당신의 능력이란 걸 일깨운다

'열심히 일한 당신
떠나라 …… ○○카드'
죽어라 일하고, 죽어라 벌어서, 죽어라 써버리는
소비사회의 미덕을 가르친다
돈이 바로
당신의 인생을 말해줄 수 있다고 떠벌인다

눈물에 비빈 '밥'을 먹어본 자만이
삶의 진정한 의미를 알 수 있다
가슴으로 울어본 자만이
세상에서 버려진 소외의 그늘을 말할 수 있다

넘치지도, 부족하지도 않은
절제와 청빈, 그리고 함께하는 삶
그런 사회를 꿈꾸는 당신

이제, 당신의 능력을 보여주세요

나의 살던 고향 집

눈 내리는 겨울밤, 고향 집에 서면
그리움이 사무쳐 몸살을 한다

두 팔 벌려 안아도 모자라던 살구나무에선
샛노란 살구가 우박같이 쏟아지고
밤꽃 향내 짙게 피어나 알밤이 우두둑 소리 낼 때면
새빨간 대추 멍석에 널어 말렸지
쌀가마, 고구마 궤짝 가득 채운 창고 방 옆
횃대에 올라앉은 토종닭들이 잠들던 고향 집
대청마루 앞마당 한편, 두레박 걸린 우물엔
팔뚝만한 잉어들이 살고 있었어
뒤 툇마루 누워 잠들다 눈뜨면
빨간 앵두 입에 머금은 초록빛 하늘
뒷동산 큰 바위 놀이터엔 '꿈'이 깃들고
이삭 패는 논둑엔 줄지어선 개구쟁이들의 메뚜기사냥
가을 들녘 이삭을 줍고
솔가지, 솔방울 주워 학교 땔감 숙제를 마치면
시커멓게 언 손 녹이며
구슬치기에 밤 깊은 줄 몰랐지
천지가 개벽하여 백색의 초원이 되면
앞마당 돌고 돌아 뭉쳐진 눈사람이 한겨울 장승이 되고
정월 대보름 달이 둥실 떠오르면
망우리 돌려 원을 그리던 불꽃놀이

끝도 없는 기억들이
'추억' 이라는 이름표를 달고 맴돌 때면
아궁이 가득 타오르던 장작불처럼
내 가슴은 설렌다

손자들 위해 닭을 잡던 할머니의 주름진 손
왼손 뜨개질을 하던 어미, 꼿꼿하던 아비의 눈빛
그 '집' 이 옆집 양옥에 초라해 보일 때쯤
다닥다닥 집들이 늘고, 슈퍼가 생기고
살구나무, 밤나무가 잘려
신작로에 아스팔트가 깔릴 때쯤

나의 살던 고향 집은
옛날로, 아주 먼 옛날로 묻혀가고 있었다

장작을 패며 1

뭉툭한 조선도끼 날 벼려
툭— 하고 내려치면
빡— 하고 쪼개지는 장작

옹이라도 박힌 놈은
턱— 하고 내리쳐도
픽— 하고 입 다문다

모서리에 헛맞은 도끼날
몸의 균형은 깨지고
파편 조각만 사방으로 내뻗다

얕잡아 보고 내리친 무딘 도끼
비웃듯 날이 튀고
네놈이 이기나 내가 이기나 힘겨루기

성질 급한 인간들
씩씩거리며 죽어라 패고 나면
'사는 법'이 보인다

이놈은 바르게 생겼는지, 옹이가 있는지
아니면, 아예 못 쓸 놈인지 구분하여
힘을 많이 쓸 건지, 적게 쓸 건지 가늠하고

단 한 번에 내리쳐, 숨통을 끊어내
장작 구실토록 쟁여 놓을 때에
세상만사 이치가 보인다

장작을 패며 2

오늘도 나는 장작을 팬다
나이 사십을 넘겨
'삶' 이니, '인생' 이니, '죽음' 이니 되돌아보다

새해, 책상머리 계획서들을 밀쳐낸 후
침, 퉤ー 퉤 바르고
전쟁터에 서듯 도끼 자루를 잡는다

피와 죽음으로 얼룩진
어둠의 역사를 내리쳐라!
인간의 믿음을 깨버린
자본의 세상을 내리쳐라!
달면 삼키고 쓰면 뱉는
사회의 통념을 내리쳐라!

모두 다 뻐개져
장작불처럼 활ー활 타ー버려라
의기양양한 전사처럼
크게 한 번 소리치곤 뒤돌아서며
'나쁜 놈' 하면서 도끼 자루를 다 잡는다

찰나의 순간
나를 스쳐갔던 '나쁜 놈들' 의 얼굴이 죄다 떠오르면

에— 잇, 허공을 가르며, 빡— 하고 두 조각을 낸다
그 놈들을 다시 추려 세우고
때기 좋게 잘게 잘게 뻐개면서
뻥— 뚫리는 환희에 미소 짓는다

그렇게
세월을 이겨, 미움을 잊고
또 그렇게 용서가 되니
'나쁜 놈들'은 어디서 무얼 할까
혼자 생각에
갑자기 밀려드는 그리움
마음이 후련해져서일까
'보고픈 이들'의 얼굴이 가슴속을 헤집는다
정말 내 몸처럼 사랑했던 이들
가슴속에 묻고 가는 이들
얼마만한 세월을 더 견뎌야 그들을 다시 만날까

봄이 오려나

눈 내린 마당가
개밥을 주러 가다
나는 보았다
잔설 얼어붙은 땅
목련 나무 가지에 맺힌
꽃망울
매서운 겨울바람 귓불 아리는
겨울의 끝자락에
봄은 이미 와 있었다

설날 아침 성묘 마치고
아이들과 떠난 동해 바닷가
나는 들었다
시퍼런 파도 안고 들어와
하얀 포말로 부서지는 모래밭
아빠가 함께 있어 즐거운 아이들의 웃음소리
쓰러지지 않기 위해 내쳐 달려온 인생
숨 한 번 고르고 멈춰서니
'행복'은 이런 건데, 짠한 마음 눈가에 맺힌다

선창가 시끌벅적한 부두
마지막 힘을 다하여 파닥거리는 몸부림 위로
거친 숨을 몰아쉬는 아가미를 보았다

그리움 가득한 눈망울엔
가슴 가득 바다를 안고
갇힌 채 맴돌고 있는 '물—고기'
내 모습인 것 같아
'난 아니야' 고개 돌리며 속으로만 말했다
너를 바다로 보내고 싶어

세상 걱정 하나 없던 어린 시절,
모든 것 다 이룰 것 같던 젊음 뒤로 하고
내 아비가 되었을 때에야 비로소 세상이 무서운 줄 알았다
봄, 여름, 가을, 겨울 다 겪고
또 다른 봄을 준비하는 사십의 나이
늦은 것은 아닐까
가슴 떨림에, 아이들의 초롱한 눈망울 떠올라
비에 젖는 날, 따스한 봄볕 그리워
하늘만 바라본다

내게 봄은 다시 올까

고백

생의 집착과 연민으로
차곡차곡 쌓아올린 아집의 성(城)
나는 그곳에 산다
'사람 좋다'는 순박함으로
다 믿다가, 다 잃고는
더 이상 바보 되기 싫어
묻고 또 확인하는 쫀쫀한 놈
사십의 이정표다

얼굴은 웃고 있으되,
상대방을 꿰뚫는 긴장의 연속
'내 맘 같지 않다'는 삶의 이력으로
모든 걸 '내'가 해야 직성이 풀린다
세상이 나를 그렇게 만든다
남을 믿지 못하니,
나 자신도 믿기지 않으니,
언제 떠내려갈지 몰라
죽어라 일 속에 파묻혀 있는 일 년 삼백육십오 일
내 모습이다

그게 싫어
당당했던 예전의 얼굴 떠올려봐도
가슴속 텅 빈 허전함은

채워지지 않아
내가 나에게 말한다
 '너를 놓아줘, 힘들다고 말해
하루만이라도 쉬고 싶다고 해'
그리하여
일상의 무거운 짐 벗고
나는 다시 '내'가 된다

웃는 돌

돌무더기 하나 가득 모아 놓고
토방에 쓸 놈, 댓돌로 쓸 놈
디딤돌로 쓸 놈들을 구분합니다

석산(石山)에서 깨져 굴려진 놈
산자락 비탈진 밭에서 굴러온 놈
계곡 물 자락 따라 굴러온 놈들 천양지차입니다

그 놈들을 보자니
구르고 굴러 때 묻은 흔적 다릅디다
아직도 삐죽한 구석이 남아 있는 놈에
닳고 닳아 제 모습조차 남지 않은 놈들도 있더이다

'세월의 무게'를 느낄 때
그 중 한 놈, 환하게 '웃는 돌' 보았지요
눈, 코, 입 형상 뚜렷이 간직한 채
밝으라니 미소 띤 사람 형상에 나도 몰래 웃음이 납니다

'넌 참 잘 살아 왔구나'
나도 몰래 성큼 다가가
모나고 막 굴러온 돌들 위에
그 놈 하나 얹습니다

똑같이 굴렀어도
다른 얼굴 하는 세월
세상과 다르지 않더이다
구르고 굴러 '웃는 돌', 내 모습이고 싶더이다

내 안의 '나'

내 안엔
내가 아는 '나' 와 낯선 내가 함께 산다
비포장 험한 길, 오솔길이라도
내 길이라 생각하며 가자는 '나' 와
신호등도 없는 고속도로
차선 바꿔 앞지르기하며 달려가고픈 또 다른 '나'
사람들이 아는 '나' 와
제 힘에 겨워 버둥거리는 '나' 와의 전쟁은 오늘도 계속된다

누구라도
착하고 겸손하고 성실한 자신과
성내고 욕심내고 게으른 자신이 함께 사는 법
세상이 거칠고 힘에 겨우면
'삶' 과 '인생' 에 대한 설교가 진부해질 때면
낯선 내가, 내가 알고 있는 '나' 를 눌러버린다
'나' 와 또 다른 '나' 의 힘겨루기가 가파르게 상승할 때면
이정표 없는 갈래길에 멈춰선 듯 침묵 속에 동요한다

이상과 현실,
'나' 와 또 다른 '나' 부딪쳐
합일점을 찾지 못하면, 파산이란 걸 알기에
샛길은 없어, 그저 묵묵히 가는 거야
어디 다 내 맘 같아, 사람 사는 세상이 다 그렇지

열심히 살아왔잖아, 그것만큼 값진 것은 없어
또 다른 '나' 를 다스리는 칼을 벼린다
이제는 무디어져, 단칼에 베어낼 수는 없지만
내가, '나' 가 되기 위해 오늘도 나는 날을 세운다

대추나무 연서

곧지도, 휘지도 않은 채
쑥 하니 치솟은 대공의 단단함
등걸은 잔주름 많던 아비의 얼굴이다

늦봄, 지는 꽃들 추모하듯
작은 이파리 가지에 매달고
소근 소근, 조단 조단 어미처럼 다가선다

짙은 첫 잎 위에 새순이 자라
연한 초록빛 머금을 때쯤
새순이 또 돋나니

좁쌀모양 대추 꽃 피어 물고
초복에 한 번, 중복에 한 번, 말복에 또 한 번
세 번 열매를 맺는다는 당신

어느 땅, 어느 곳에서도 뿌리내림에
그대 같은 이 없고
더 많은 열매 맺으려 한 해를 거르는
그대의 지혜
살 오른 파란 대추알 청춘처럼 빛나고
새빨갛게 익은 대추알 두고두고 약이 되나니

그대가 있음에, 그대 모습 보고
나
그대처럼 살고 싶어지나니

그것이 삶인걸

얻고 싶어
아이는 세상에 태어날 때 주먹을 쥐고

놓고 싶어
사람은 세상을 떠날 때 주먹을 펴는가 보다

알리고 싶어
태어난 아이는 스스로 울음을 터트리고

기억되고 싶어
남은 자들이 통곡을 하게 하나 보다

처음과 끝이 있기에, 얻음과 잃음의 순환
그것이 삶인걸

비 개인 저녁 산을 보다

하얀 구름, 회색 구름, 먹구름
철 지난 늦장마 여우비처럼 사람을 속여
하루 품 파는 이들의 삶을 희롱한다

비 개인 저녁
구름이 산을 이뤄 밀려가니, 나도 떠밀려
하루의 덧없음, 빈손의 허무이던가

허망하여 올려다 본 하늘, 먹빛 구름 사이로
주황색 홍조를 띤 저녁놀, 내 가슴 붉어질 때
산, 그래 산, 산을 보았다

어둠에 묻혀도, 떠오르는 태양 밀어 올리는 새벽을 기다리고
폭우에 휩쓸려도, 새 생명 잉태하는
천년만년 그대로의 모습

자신을 지키고 선
산은
그대로의 산이었다. 산이었다

거울을 보며

저녁나절 일없이 거울을 보다
낯선 얼굴에 흠칫 놀라 다시 보았지요
윤기 흐르던 청춘의 빛은 없고
햇볕에 타 들어가 검붉어진 중년의 사나이를 봅니다
투명하게 맑던 눈은 없고
세파에 핏발 선 피곤한 눈동자가 나를 바라봅니다
그가 나라는 사실에 놀라 뒷걸음질치지만
변한 것은 얼굴만이 아니란 사실을 알기에
설움 복받쳐 쏟아지는 눈물
다 토해내고 나니
그가 나인걸 알겠습니다
세월의 강 거슬러 되돌릴 수 없기에
그리움만 가득 안고
세월 견뎌 잔주름 많은 나무 등딱지처럼
상처 안은 내 얼굴
거울 속 사나이를 사랑하게 되었습니다

은행나무

빗물이 방울 되어
방울이 눈물 되어
흐르는 세태에 쏟아져 내린다
커다란 은행나무를 가둔
콘크리트 보호막은
솟는 생명의 외피
보호막을 넘어선 뿌리에겐
하나의 굴레
튀어나온 굵은 뿌리로 뒤덮어
새로운 생명의 연줄로 뻗는다
무수한 가지 속의 울부짖음은
폭우로 빗발쳐 내리고
뿌리의 생명력은
대지의 용트림으로 하나 되어
땅과 하늘에
맞닿는 생명을 놓아간다

나무

성장을 멈춘 가을
겨울을 먼저 알고
이파리 떨어뜨려 발가벗은 너

속살 파고드는 한기 견디며
푸른 봄날 꿈꿀 수 있는 건
땅속 깊이 박힌 뿌리 때문인걸 아는 너

대공을 뻗어 올린 처음의 씨앗
실뿌리들의 여린 체온으로
겨울 동토를 붙잡고 있는 너

그래서 봄을 만드는
나무

거미

달빛 아래 뽑아 낸 긴 생명의 끈
한 땀 한 땀 수놓아 허공에 매달고 나니
퀭한 눈에 맺힌 눈물이 이슬 되어
빛나는 아침

거꾸로 매달린 거미를 본다

밤새 토해 내
껍데기만 남은 육신을 보듬고
한낮의 사냥을 위해
웅크리는 아침

나도 한 마리의 거미가 된다

어쩌지요

겨울을 재촉하는 비가 내리던 날
길가 넝쿨장미 꽃을 머금었어요

가을 끝에 맺힌 서리, 언 땅 녹이고
햇살 따스하더니

아, 봄인 줄 알았나 봐요

철모르고 맺힌 꽃망울
진즉 봄이 되어서는 피울 수 없다는 걸 모른 채

속은 봄, 져야 하는 운명
피지 말아야 할 세월에 핀

아, 아직은 봄이 아닌걸요

길을 가다가

미로(迷路)를 걷다가 돌아보았더니
한낮 한밤을 헤매었던 긴 여로(旅路)

다가왔다 멀어져간 사람과
보였다 흐려진 삶의 진실들이
초겨울 날씨만큼 갑작스레 쓰려온다

버티고 지탱해온 것들
한기가 닥쳐올 때마다 움츠렸던 비겁함까지
한 개비의 담배 연기로 날려 보내니

길은 길에서 보인다고
돌아보지 말고 가던 길 가시게나

내 마음의 비

우수 경칩에 비 내리면
언 땅 녹는 소리, 내 마음도 풀리고
가랑비에 젖는 날이면
살 내음 뭉클, 살아있음을 느껴
여름 한낮 소나기
땡볕에 나앉은 고단함 내려놓았지

안개비 뚫고 어디선가 다가올 것 같은
첫사랑의 여인
세월의 덧없음 소주 한 잔에
시름을 달래
비 그친 오후 따사로운 햇살처럼
청춘이 눈부셨지

물 화살이 되어
세월을 떠다미는 장대비
다시는 해가 뜨지 않을까
두려움에 지새웠던 밤
비 개인 하늘 걷으면
태양은 늘 그곳에 있었어

영글지 못한 채 떨어진 열매
내 삶의 조각들인 양

고이 주워 흙으로 묻나니
잃고서도 의연한 가지 푸르다
두려움 없이 맞으리니
내 마음의 장마, 강이 되어 흐르는구나

백야(白夜)

울먹거리며 한참을 견디고서야

쏟아 낸 백화(白花)

세상의 모든 쓰레기 다 덮는구나

포근함도 좋아

꽃 눈 날리는 바람도 좋아

한번은 다 덮고 돌아가리

흙탕물로 밟히어도 좋아

이 밤 내 상처 없는 순백의 영혼

간직하였나니

2. 시여 내게 다시

오랜 기다림 끝에

겨울에 꽃을 피웠다
가슴앓이 하던 연인을 만난 듯
마음속의 복잡한 생각들을 물린다

그리움이 녹아 눈물이 되었다
떨어내야 새잎을 다는 봄날을 기약하듯
지난 것들에 대한 미련을 떨친다

가슴에 안겨 사랑이 되었다
그림자처럼 뗄 수 없는 연민이라면
하얗게 덮고 다시 쓰는 삶을 얻으리……

그리움

밥을 먹으면서도 배가 고픈 적이 있었지요
지독한 사랑을 하면서도 사랑이 고픈 적도 있었고요
사람만이 희망이라 믿었으면서도 사람이 절망인걸 알아버렸어요

보여주지도 않고, 만질 수도 없으며, 들을 수도 없는
'당신'에 대한 나의 사랑이 원망이 되어갈 때쯤
다시는 그런 사랑 하지 않겠다고 마음을 돌렸지요

잊은 줄 알았는데, 떠난 줄 알았는데
보려고 하지 않아도, 느끼려 하지 않아도, 들으려 하지 않아도
당신은 늘 내 곁에 있었네요

아프지 않은 '사랑'이 어디에 있느냐고, '그리움'으로 출렁거려요
바람처럼 보이지 않고, 만질 수 없지만
무언(無言)으로 존재하는 '바람—꽃' 피어내라고

꽃비 내리던 날

시샘 타는 봄의 절정
가로의 벚나무엔 꽃비가 내리고
누렇게 뜬 하늘 도화지에 피는
또 하나의 꽃을 본다

겨울 이겨낸 봄의 현장
목수들의 톱과 대패 소리 경쾌하고
지붕 위로 날리는 톱밥이 꽃비처럼 아름다울 때
봄이 내게로 왔다

낯선 시간과의 대면

낯설다
벗어날 수 없던 노동의 시간에서
잠시 비껴 선 순간
아프다고 말할 수 없었던 뼈와 살들이
살려 달라 아우성치는 몸의 반란

낯설다
페달을 밟지 않으면 넘어지는 자전거와 같이
하루도 거르지 않고 삶의 페달을 밟아 왔기에
잠시 멈춰 선
낯선 시간과의 대면

낯설다
아내도, 아이들도 제각각 바쁜 일상
그렇게 홀로 남아
알맹이를 다 토해낸 껍데기처럼
서성거리는 빈 그림자

익숙한 듯하면
삶은 언제나 저만치서
초라한 자신을 비추는 낯선 거울이었지
낯서나 낯설지 않은, 살 날들에 대한 깨우침
슬프고도 그래서 더 아름다운 마흔 중반의 자화상이여

그것이 봄이라네

가림막도 없이
땡볕과 비바람에
다 드러내고서야 맺은 열매
더 이상은 줄 것 없어
초로의 색깔 바꿔 입을 때
나이테 하나 늘려
동토에 뿌리박은 나무

기다려도 오지 않는 임처럼
새봄은 늘 더디게 느껴져
한 치 앞을 볼 수 없는
새벽안개 걷히는가 싶더니
내려앉은 하늘에
짙게 드리운 황색 그림자
그런데…… 그게 봄이더군

꽃이 피어야만 어디 봄이던가
벌거벗은 몸뚱이 녹이며
생명수를 빨아올리는 힘찬 기지개
파릇이 돋는 떨림의 순간
이미 봄은 그의 것이라네
꽃망울 맺혀 흐드러지게 피는 그 순간까지가
진정, 봄날이라네

길 잃은 자의 길 찾기

길 찾아 나선 이가
지리산을 올랐다지요
한 구간의 종주가 목표였답니다
초겨울 맞바람 예상은 하였지만
산장을 나선 새벽, 눈이 덮였다지요

앞선 사람의 발자국 있어
무심히 따라나선 길
선명하던 하나의 발자국이
여럿의 발자국처럼 어지러이 나뉘었다지요
아— 길을 잃었구나……

앞선 이도 보이지 않고
따르는 인기척도 없는 적막
'이러다 죽을지도 몰라'
앞선 이가 되돌아왔던 길들을
오락가락 되밟다가 멈추었다지요

돌아갈 수도, 나아갈 수도 없는 길
눈바람에 찾아드는 허기는
배낭의 무게를 곱절로 하고
해는 기울고 있었다지요
· · · · · ·

그때, 하늘을 보던 눈이
숲으로 가고, 나무 사이 길이 보이면서
'저기다'
그렇게도 보이지 않던 길이
열리더랍니다

산은
길 찾아 나선 이에게
길 잃은 자신을 보여주려 했다는군요
길을 잃었을 때 길 찾는 방법을 알려준 것이지요
남은 길을 가는 건 이제 문제가 아닙니다

설거지를 하며

노가다에겐 그나마
겨울방학이 있는 게 얼마나 다행이야
땅 풀릴 때부터 얼음 얼기까지
칼바람과 땡볕에 나앉은 노동
된장찌개 끓는 소리에
돌아왔다는 안도감으로 목이 메

김치찌개 하나라도 좋은 따스한 밥
객지 밥에 비기겠어
마음이 넉넉해져 시작한 설거지
일상의 상차림과 설거지가 진부해졌을 아내 생각에
걷어붙인 손이 익숙해지면
나의 노동과 닮은 아내의 노동이 느껴져

사랑이란 말이야
머리로 시작해 몸으로 타오르고 관계로 남는 거 아닐까
좋아서 결혼을 하고 아이를 낳으면
남편과 아내, 부모와 자식, 가족이라는 관계만 남지
가슴 떨림과 열정은 순간인데 관계는 남은 생 전부를 걸어야 하는 거야
그래서 삶이란 일상의 노동과 상차림이 되는 거지

'사랑이란 지겨울 때가 있지' 유행가 가사가 생각나
지루해진 일상과 인생을 탓하며 돌아보니

옛사랑의 아름다웠던 시절이 있었겠지
돌아갈 수 없는 삶, 지독한 사랑을 꿈꾸지만
바람이 자고 나면 그도 일상의 세월
설거지를 하며 내 마음의 뗏국도 벗겨내

세월

푸르스름하게 돋아난 첫 수염
언제쯤에나 나이 들어 보이는 어른이 될까 조바심 냈던
그런 시절 있었지

거뭇한 수염 한 자락
이제 남자답게 보인다고 어른스럽게 세상을 마주하던
그런 시절도 있었어

깎지 않아 지저분한 수염자락
얽힌 세상살이, 고단한 삶을 응시하던 때가
서른 넘겨 마흔 중턱이었던가

밤새 까칠하게 돋아난 수염
밥 먹고 수염만 자란다고 투덜거리며
꺾어지는 나이를 실감하던 아침

불현듯 거울 앞에 비친 아비의 얼굴
부정한 세월도 소용없이 닮아버린
중년의 남자 얼굴에 난 수염을 아프게 깎는다

상량 축시
— 인연

누가 알았겠니
수십 년 홀로이 서 있다가
네가 기둥이 되고
내가 도리와 보가 되어
집의 뼈대가 될 줄이야

누가 알았겠니
수십 년 따로 살다가
네가 남편이 되고
내가 아내가 되어
생의 부부가 될 줄이야

누가 알았겠니
수많은 세월처럼 서까래가 걸리고
지붕을 이어 비를 가리고서야
벽을 치고 창을 내어
온전한 집이 되는 것을

누가 알았겠니
서까래처럼 수많은 날들
한숨과 눈물로 견디고서야
아비와 어미가 되고 자식이 되어

온전한 가족이 되는 것을

또 누가 알았겠니
당신의 손으로 집의 뼈대가 서고
당신의 손으로 지붕을 얹어
당신의 손으로 벽을 쌓고 창을 내어
당신의 손으로 단장을 할 줄이야

또 누가 알았겠니
당신의 손이 밥이 되고
당신의 손이 사랑이 되고
당신의 손이 위로가 되어
당신의 손이 삶의 의미가 될 줄이야

그렇게
온전한 집이 되고, 삶이 되는 길에
맺은 인연이여……
노동으로 꽃피운 정직한 삶에 바치는
상량(上梁)이여

속살

원통의 나무엔
아픔이 보이지 않아
가로로 자른 나무 밑동에선
나이만 읽을 수 있을 뿐이지
세로로 켠 나무의 판을 본 적 있니!
실개천이 흐르듯
켜켜이 쌓인 나이테의 무늬 결엔
한 해 한 해 살아온 이야기가 들려
가지를 내 뻗을 때마다
생긴 옹이, 옹이 주위로
멈추고 휘돌아 친 나이테의
팽팽한 긴장감
아, 어린 날의 속대 결은 폭이 넓구나!
해를 늘릴수록 가파르게 좁아져
주름 잡힌 세월, 결도 선명치 않아
네 속을 들여다보는
내 속은 아프다

나는
나이테 없는 나무를 본 적이 없다

시여 내게 다시

모니터 커서의 깜박거림에
나도 깜박인다
붉은 밑줄에 갇혀
띄고, 점 찍고…… '나'를 잃은 시

Delete 지우면 하얘
흔적도 없어
무얼 했냐고 커서가 또다시 깜박여
나도 하얘

봄꽃, 겨울나무, 스치는 사람 하나
형상을 짓고 허물기를 서너 번
새벽빛이 창가에 어리도록
시를 향한 '외사랑'의 아픔이 나를 키웠건만

쓰고 싶어
손가락 중지가 패도록
꼭 쥔 연필이 떨리도록
울림의 시를 쓰고 싶어

시여!
내게 다시
연필을 쥐어주게나

가을밤

그림처럼
느티나무 위
초승달 걸렸다

연인처럼 마주 빛나는
별 하나 있어 더 좋다

방향과 소리가 달라진 바람
낌새를 챈 나무들이
가지를 흔들어 여름을 보낸다

다하여 지는 잎들
함께여서 좋겠다

애비

가는 이여
가는 이여
짐 지고 가는 이여

비구승의 염불처럼
입에 딱 달라붙어
떠나질 않는다

끼기득 끼기득
찌그덕 찌그덕
짐에 겨운 내 트럭의 앓는 소리가 들린다

짐 중에
가장 무거운 짐이
자식 짐이라 했던가

삐그덕 삐그덕
쨍그랑 쨍그랑
짐에 겨운 아내의 앓는 소리가 들린다

가는 이여
가는 이여
무거운 짐, 지고 가는 이여

놈들의 악수

머슴 돌쇠의 손이 그랬을까
툭 불거져 나온 손마디
어느 손가락 하나는 마디가 굽고
또 어느 손가락 하나는 끝마디가 없어
박형 손도, 이형 손도……

구멍 난 손 장갑 빼고 들여다본 손
지문이 선명치 않아
지문을 부르는 어느 시인처럼
나도 내 지문을 부르고 싶어
최씨도 그럴 거야, 장씨도 그럴 거야

두꺼비 등딱지처럼 뭉툭한 손을 잡으면
가슴이 먹먹해
'못난 놈들은 서로 얼굴만 봐도 흥겹다'고 했던가
마디 굵은 손, 지문 없는 놈들이
악수를 한다

아궁이 앞에서

타 닥, 타닥
불꽃에 소리가 난다

장작개비 하나로는 안 되는 일
잦아들기 전에 한 놈, 또 한 놈 얹어져야
고래 둑을 타 넘고 달려 들어가
온 구들장을 달구는 법

불꽃만으로는 안 되는 일
허연 연기 토해 내는
굴뚝 봉화가
불 지피고 있음을 알려야 하는 법

타 닥, 타닥
내 몸이 탄다

겨울밤

달 아래
금성과 목성이 함께 빛나는 밤
어두워 더욱 아름다운 하늘 풍경이여

곁을 두지 않는 찬바람에
굴뚝 연기 낮게 깔리는 밤
겨울나무들의 잠들지 못하는 숲이여

누군가 있어, 위로의 말 한마디 건넨다면
툭 불거져 터진 손등 위로
왈칵 쏟아질 것만 같은 눈물이여……

가스라이터

서랍 속
수많은 간판 이름을 단
가스라이터 시체들이 즐비하다
담뱃값은 아깝지 않아도
라이터 사는 건 낭비인 것처럼 흔한 놈들
내 손에 들어 와
온전히 생명을 다한 놈들은 거의 없다
돌고 돌아
뉘 손에 들어가 생을 다하는지 모를 일이지만
허걱
라이터 돌을 돌리고 돌려도
불을 뿜지 못하는 놈들이 아주 가끔 보인다
가스가 없다
온전히 다 태운 것이다
내 생이 다한 것처럼 숨이 멎는다
가스가 없어 쓸모를 다한 물건
언제나 청춘이고
계속될 것 같은 내 인생에도
바닥이 있음을
끝이 있음을
가스 없는 라이터에게서 배운다
내 이름이 새겨진
인생의 라이터엔
얼마만한 '가스' 가 남아 있을까

民의 노래

달래 달래 진달래
들레 들레 민들레
찔레 찔레 찔레꽃
민초들의 꽃

감 감 감 감나무
밤 밤 밤 밤나무
솔 솔 솔 소나무
민초들의 삶

민초들의 꿈

민초들의 힘

소통

잘 먹지 못하면
잘 싸지 못하는 것은
동서고금의 진리여

아궁이는 입이고
굴뚝은 똥구멍이지
잘 먹고 잘 싸야 방을 달궈

아궁이는 낮고 넓으니께 백성인게야
굴뚝은 좁고 높으니께 나랏님들이지
백성과 나랏님이 통해야 나라가 잘 되는겨

소통의 길이 구들 고래야
사방의 고래 둑과 구들장 받침이
방의 온기를 좌우하지. 바로 민심인겨

연기를 토해내며 겨우 아랫목만 덥히거나
허당으로 빠져나가 온기를 가두지 못하는 것은
길을 막아섰거나 휑하니 터져 있기 때문이지

불길이 고래 둑을 넘어 구들 받침에 부딪치는 순간
막힌 듯 열리고, 통한 듯 막아서
온 불길과 연기가 사방으로 퍼져야 하는겨

아랫목 구들장을 두 겹으로 깔고
윗목 구들장을 얇게 하는 이유를 아는감
윗목부터 아랫목까지 고루 덥히는 것, 그게 바로 정……치여

동행

생각이 같은 사람을 동지라 부르지요
그래서
생각이 달라지면 동지가 아닌 거지요

살 붙이고 사는 사람을 인생의 동반자라 부르지요
그래서
몸이 멀어지면 사랑도 잊히는 법이에요

길을 가며 만난 사람을 동행자라 부르지요
동지도 아니고 동반자도 아니지만
위로가 되고 위안이 되지요

살아온 길이 다르고
종착지도 다르지만
어느 길에선가 만나 동행자가 되면
걸음걸이를 맞추고
이야기에 귀 기울이며
짐을 나누기도 하지요
굳이 말하지 않아도
고단한 삶 이겨낸 이력으로
서로를 받아 안을 수도 있고요

그 옛날

나는 동지를 구했습니다
그 옛날
나는 동반자를 원했습니다
그 속에만
동행이 있다고 믿었으니까요
하지만 동행은
그저, 길을 가는 동안
일터에
삶터에
배움터에
늘 깃들어 있음을 깨닫습니다

길을 잃을지도 모른다는 두려움 속에
해가 바뀌었습니다
그 누구라 외롭고 험한 길
동행을 꿈꿉니다

낯선 길

처음 가는 길이
낯선 것은 그러려니 한다지만
늘 가던 길이
낯설어 보일 때가 있다

처음 만난 사람이
낯선 것은 그러려니 한다지만
늘 보던 사람이
낯설어 보일 때도 있다

처음 접한 사실이
낯선 것은 그러려니 한다지만
늘 옳던 사실이
낯설어 보이기도 한다

새로움에 눈뜨는 것
낯설게 다가와 익숙해지고
다시 낯설어
새롭게 다가오는 것

길은
낯섦에서 다시 시작되나니……

도끼가 호미에게, 호미가 도끼에게

겨울은 내 세상이여, 도끼가 호미에게 말했다
난 대상과 타깃이 분명해
찍어 넘길 나무든, 뻐개 장작으로 쓸 놈이든 말이야

봄은 오는데 걱정이야, 듣고 있던 호미가 말했다
뾰족하던 끝이 뭉그러져라 일해도 결과를 장담할 수 없어
넌, 좋겠다. 뭐든 분명해서

하지만 너는 태생이 남에게 상처를 주진 않잖아
씨 뿌리고 김매는 흙투성이 농부의 바짓가랑이에서 돋는 생명을 키우잖아
무서울 게 없어 보이던 도끼가 그늘진 낯빛으로 호미에게 말했다

고단해 보이던 호미가 따스한 시선으로 도끼에게 말한다
네가 없으면 시골 가난뱅이들은 겨울을 어찌 날까
내 호미자락에도 죽어 나가는 풀들이 있는 건 마찬가지야

도끼는 이 빠진 날을 보며 스스로를 벼리고
호미는 작아진 몸뚱이로 봄이 오는 들을 향한다

장작 불

　솔가지 위 삭정이 불붙이고선 기다려야 혀. 쑤석거리면 안 돼야. 내던 연기 쑥 빠져나가 불길 잡히길 기다려. 실한 잔가지들 중간 불 놓고는 또 기다려야 혀. 굵은 장작 넣으면 안 돼야 밑불이 벌겋게 달구어질 때까지 기다려. 혹 하고 고래 둑으로 불길이 달려들면 그 때 바로 온밤 덥힐장작을 얹는 거야. 기다려. 기다려.우리네 인생이란 장작불 같은 거야.

다시, 장작을 패며

도끼를 든 나무꾼은
통나무 앞에 선 순간
놈의 결을 본다

처음 내리찍는 순간
소리와 감각으로
한 번에 갈지, 몇 번을 찍어야 할지 읽는다

잘 말라 결이 분명한 놈들은
소리도 명쾌하고 쪼개짐도 반듯하다
옹이가 박힌 놈들은
날을 물고 입 다문다
결이 무디어진 썩은 놈들은
한 덩이가 되어 날을 튕겨낸다

그저, 통째로 사를 수밖에

아직, 봄이 아니라서

봄밤 깊은데
꽈악 ― 꽈악 ― 꽉
고라니 짝 찾는 울음소리
허공을 가른다

삼월 하늘의 반달
반은 차고 반은 비운
중용의 덕인가 하였더니
빈 곳이 더 커 보인다

언 몸 녹아 차오른 연못
주렁주렁 매단 개구리 알주머니
아, 정말 봄이야 싶은데
몇 놈이 살아남을까 걱정이 앞서는 건

내 마음이 아직 봄이 아니라서

봄은……

마른 등걸
살아날 것 같지 않던
가지마다 송골송골 새순 매달고

움츠려 언 땅
삽날이 파고들지 못하던
그 땅 솟아올라 봉곳하니 풋풋해져

소리 없던 새
잠든 숲 속 어디에 있었는지
제 알 깨고 나온 그 곳 다시 찾아 집을 짓는다

겨우내 몸 근지럽던
노가다 이씨
일 찾아 길 떠날 채비하고

씨 뿌려야 입에 풀칠할
농사꾼 장씨
마른 땅 갈아엎고 비 기다린다

계절 모르고 사는 놈들은
그래도 살 만하니 살아지지만
춥고 배고팠던 가난뱅이들에게 봄은

실낱같은 생존의 단비다

봄은 어떻게 오는가

동지(冬至)를 눈앞에 둔 십이월 무슨 생각에서인지 미친 듯 진달래를 옮겨 심었지요. 겨울답지 않게 따뜻한 날에도 삶은 늘 한겨울이었기에 진달래꽃처럼 봄이 오길 바랐나 봐요. 춘설(春雪) 내린 이튿날 마른 나뭇가지 힘없이 맺혔던 몽우리 수줍은 홍조 띠며 터지더이다. 아 —, 살았구나. 너무 좋아 실실 웃음이 나더니만 끝내 목이 메어 울음이 되더이다. 어느 시인이 피는 건 한참이더니 지는 건 잠깐이라 했던가요. 아니더이다. 기다림은 한참이더니 피는 건 순간이더이다. 봄은 그렇게 옵디다. 이 밤 내 비 내리고 내일은 꽃 잎 매단 진달래를 보겠지요. 우리에게도 봄은 그렇게 오지 않겠나요.

노동으로 꽃피운 정직한 삶에 바치는 상량이여

박 경 장
문학평론가

Ⅰ

악수를 하려고 처음 잡았던 그의 손은 마디가 굵고 지문이 남아 있을 것 같지 않은 영락없는 일손이었다. 일 미터 육십이나 될까. 일로 다져진 체구에선 어떤 강단 같은 것이 느껴졌다. 적은 말수엔 수줍음이 묻어났고 햇볕에 그을린 검은 얼굴엔 눈이 반짝였다. 철근과 시멘트가 아니라 나무와 흙으로 살림집을 짓는 게 현재 그의 생업이라 했다. 길을 가는 사람이라는 '행인(行人)'은 그가 대표로 있는 흙 건축 상호다.

삼 년 전 어느 날 '글쎄다'라는 내가 살고 있는 지역의 문학독서 모임에서 그는 「길」이라는 자작시를 낭송했다. "생각의 끝은 늘 '길'에 닿아 있었다…… / 어찌 사는 것이 잘사는 길인지 / 어찌 사는 것이 올바로 사는 것인지 / 시간이 '길'임을 알아갈 때 / 끝나지 않는 길, 끝나지 않을 길 / 생각의 길은 늘 길에 닿아 있다". 흙집 짓는 그의 생업은 그가 사십 고개를 넘어서 어찌 사는 것이 올바로 사는 것인지 생각의 끝에 닿은 '길'이었다. 내가 그 생각의 끝에 닿을 수 있었던 것은 작년 가을 그가 내게 던져 놓고 간 검은 바인드를 통해서다. 300쪽이 넘는 두툼한 바인드에는 그가 27년간에 걸쳐 일기처럼 써온 시편들이 있었다.

그가 굳이 시집을 내려는 것은 "한 번은 역사에 다 던지고, 또 한 번은 세상에 다 던진 삶"을 한차례 매듭질 필요성을 느꼈기 때문이라고 했다. 역사와 세상에 다 던졌다고 감히 말하는 삶의 시편들 앞에서 나는 한 명의 독자로서 비참함을 느낄 수밖에 없었다. 그와 동시대를 살아온 사람으로서 80년대에 20대의 젊음을 소용돌이치던 역사에 던지지 못했고, 90년대를 넘어 새 천년의 시대에도 중년의 삶을 세상에 다 던지지 못한 내 삶이 한없이 작아 보였고 쪼그라드는 것 같았기 때문이다.

7, 80년대 민주화 투쟁을 위해 목숨 바쳐가며 싸웠던 야권의 정치지도자가 국민의 심판으로 수평적 정권교체를 이루어 새 천년을 열었다. 그 뒤로 노동자를 위한 인권변호사 출신의 정치인이 민주정부를 오 년 더 연장했을 때 국민들은 이젠 절차적 민주주의는 완성됐다고 자평했다. 이젠 어떤 정권이 들어선다 해도 민주주의는 돌이킬 수 없는 역사적 당위라고 안심했다. 그러나 어떠한가. 잃어버린 10년이라며 군사독재정권 치하에서 누렸던 옛 영광을 되찾기라도 하려는 듯 현 보수정권이 모든 분야에서 자행하고 있는 정치권력의 남용은 지켜보기가 불안하기만 하다. 한마디로 민주주의의 위기다. 이 위기를 가장 빠르고 심각하게 맞는 사람들은 집 없는 가난한 서민과 실직, 비정규직 노동자와 청년 실업자들이다. 그리고 말없이 수 억 년 생명의 젖줄로 이 반도 땅을 흘러온 강이다.

체코의 망명 지식인이며 소설가인 밀란 쿤데라는 자신의 소설 『웃음과 망각의 책』에서 "망각은 정치와 권력이 과거를 지우는 수단"이라고 했다. 어떻게 달성

한 민주주의인데 우린 너무 빨리 잊어버리는 것 같다. 7, 80년대 겪었던 독재와 그것에 피 흘려 항거했던 싸움들을 우린 너무 빨리 잊어버리는 것 같다. 오로지 747이라는 수치 기호로 치장된 미래만을 보여주려는 정치와 권력의 수단에 우리는 너무 쉽게 그리고 너무 빨리 과거를 망각해버리는 것 같다. 그 망각의 대가로 민주주의는 허울뿐인 경제정치에 저당잡혔다. 실수라고, 잘못됐다고 다시 찾으려면 누군가 또 피를 흘려야 하리라. 하지만 누가 흘릴 것인가. 새 천년이 10년이나 지난 이때에 학생운동, 지역운동과 노동운동, 변혁운동에 반생을 바친 혁명투사의 삶의 기록과도 같은 시편들을 누가 읽을 것인가. 잊고 싶은 돌아가기도 생각하기도조차 싫은 80년대의 어두운 기억을 생생하게 떠올리게 하는 이 시편들을 누가 견디며 읽어낼 수 있을까. 무수한 한 생들이 역사에 바쳐 쟁취한 민주주의를 값없이 받은 우리가 이렇게 허망하게 잃어버리고 나서 누가 무슨 염치로 분노하며 그의 시를 읽을 수 있을까.

가시밭길 역사의 현장에서 한 발짝씩 반 발짝씩 늘 비켜서 있었던 지식인들. 그들에게 현실 모순에 대한 날선 비판 의식은 있었을지 몰라도 희생을 요구하는 투쟁현장의 함성과 구호 그리고 몸싸움과 구속은 늘 무지렁이 노동자나 젊은 학생들 몫이었다. 그는 운동권학생으로, 야학교사로 그리고 노동운동가로 사회변혁 운동을 위해 온몸으로 80년대를 밀고 나왔다. 우리가 늘 비켜서 있었던 역사의 현장에 그는 돌멩이처럼 박혀 있었던 것이다. 그 대가로 그는 세 번이나 옥고를 치렀다. 하지만 80년대 가장 처절한 싸움의 한 복판에서 가장 화려한 영혼의 꽃을 피운 혁명시인 김남주처럼, 그 또한 싸움을 통해 '눈뜸'이라는 영혼의 꽃을 피워냈다.

"피할 수만 있다면 피하게 해달라던 예수의 고뇌가
간절한 기원으로 되살아날 때
밥그릇의 서러움과

모욕의 세월을 견뎌온 자만이 가질 수 있는

'눈뜸'의 세계가 열린다.

싸우지 않고는 살아갈 수 없는 자들이

멋지게 지는 법을 하나씩 익혀

적들의 심장부에 꽂히는 수많은 화살이 되어 날아간다.

날아가, 날아가, 끝내

적들의 뇌와 수족과 입을 마비시키고

쌓인 화살더미에 저들을 매장할 그날을 위해

이들이 간다."

　　―「불타는 한반도」 중에서

　그의 시는 세상의 기만과 모순의 역사에 대한 영혼의 눈뜸이기도 하지만 동시에 '자신의 삶을 온전히 비추는 거울'이기도 하다. 그가 일기처럼 써온 시편들은 이를테면 자신이 살아낸 하루하루 삶을 되돌아보는 성찰임과 동시에 앞으로의 다짐이다. 그러니 그가 일기처럼 쓴 이 시편들은 일종의 고백록이며 참회록인 셈이다. 절대로 생각이나 행동보다 글이 앞서가는 경우가 없고 반 발짝 아니면 한 두 발짝 뒤에서 자신의 삶을 따라간 글이다. 관념으로 상상으로 쓴 시가 아니라, 거짓됨 없는 우직한 삶을 한눈팔지 않고 따라간 발자국 같은 시가 이동일의 시다. 80년대 혁명시인 김남주와 노동시인 박노해가 표본으로 보여준 행동과 시가 하나 된 이런 류의 저항시는 아마 우리 시사에 마지막이 아닐까 싶다. 비트와 디지털, 기호와 욕망의 시대, 사이버와 사이보그시대에 누가 되돌아보고 고백하고 참회하는 더딘 삶을 살 것이며, 그 더딘 삶을 더욱 더디고 더딘 걸음으로 따라가는 시를 쓰겠는가?

II

그가 학생 노동운동에 몸담았던 시절에 쓴 1부 시편들이 시인의 정신을 감시하는 '탑' 과 같은 시였다면 그가 현실 삶으로 돌아와 쓴 2부의 시편들은 그의 영혼이 깃드는 '집' 과 같은 시이다. "단 한 편의 시도 쓸 수 없었다"는 90년대 중후반의 명분 없는 삶을 지나 2002년 흙집을 매개로 '삶' 과 '사람 관계' 를 다시 보게 되면서부터 영혼의 집을 짓듯 쓴 시편들이다. "대상과 타깃이 분명한" '도끼' 같은 시에서 "뾰족하던 끝이 뭉그러"진 '호미' 같은 시로의 변모다(「도끼가 호미에게, 호미가 도끼에게」).

2부는 시인의 삶의 양식이 달라지면서 일기처럼 써온 그의 시 또한 외형에 있어서 변했지만 실은 그 외면적 변모란 1부의 운동판 현장에서 끊임없는 성찰과 반성에서 나온 내면의 발전이며 성장이다. 사회변혁운동에 투신하여 치열하게 현실모순과 싸우면서도 그는 운동권 조직 내의 교조적인 노선과 이념 갈등에 대해 "조직의 민주주의는 간데없고, 집중만이 강조되는…… / 조직을 지키기 위해서라는 미명하에 가한 / 매도와 압박은 부르주아 정치판보다 더 천박했다"고 냉혹한 비판을 서슴지 않았다(「구차한 변명」). 마침내 활동가로서 "목숨보다 소중하다는 조직 선을 놓아버리면서" 그는 "살아남기 위한 최대의 운동 강령은 스스로의 힘으로 일어서는 것뿐"이라는 새로운 삶으로 방향전환을 앞서 선언한다(「民이의 고백」). 그 전환은 조직을 통한 운동뿐인 투쟁방식에서 "삶과 운동이 함께 있는" 개인의 삶을 통한 운동으로 발전되는 것이다.

조직과 운동에 대해 모든 것을 버려야 했지만, 그가 끝내 버릴 수 없던 것이 있었다. 바로 '순결' 이었다. "민족에 대한 사랑, 민중에 대한 사랑 / 사랑 없이 진정한 혁명도 있을 수 없다고 믿은" 순결이었다(「民이의 고백」). 그 순결한 사랑 때문에 모두 떠난 운동판에 그는 홀로 남아 그 자리를 수없이 점검한다(「떠날 수 없는 그에게」, 「어둠이 내릴 때」, 「원점」, 「떠난 이들을 생각하며」). 그는 마지막까지 그 자리에서 한 발짝도 움직이지 않았다. 나아가지도 못했다. 지킨 것이라면 명분이요, 발전시키지 못한 것은 실리다. 언제나 돌아와 선 원점에서 그는 '초라함'을 느낀다. 손 안에 쥔 한 움큼의 모래처럼 숭숭 빠져 나가버리는 동지와 투쟁 이념들. 잃는 아픔과 떠난 자에 대한 연민으로 차마 돌아설 수 없는 원점에서 그의 생각은 다시 '길' 위에 머문다.

그 길이 수년간 방황 끝에 흙을 매개로 사람과 관계를 다시 쌓아가게 된 행인이란 흙 건축이었다. 현실 변혁운동현장에서 2, 30대 그의 순결함이 단단한 정신의 '돌맹이' 같았다면, 40대 삶의 현장에서 그의 순결함은 부드러운 '흙'과 닮아가고 있는 느낌이 든다. 그래서 2부의 시편들에서는 구호와 함성이나 사회과학적 지식의 긴 도식적 설명보다는 노동하는 인간의 건강한 모습을 노래하는 시편들이 눈에 많이 띤다. 「꽃비 내리던 날」은 '삶과 운동이 함께' 있어야 한다는 1부에서 깨달은 '눈뜸'이 아름답게 시로 형상화된 대표적인 시편이다.

> 겨울 이겨낸 봄의 현장
> 목수들의 톱과 대패 소리 경쾌하고
> 지붕 위로 날리는 톱밥이 꽃비처럼 아름다울 때
> 봄이 내게로 왔다
> —「꽃비 내리던 날」 중에서

그러니 젊은 혁명의 투사로 그가 수없이 던졌던 돌맹이는 '민족, 민중, 노동의 해방, 민주주주의 승리' 같은 '허공과녁'을 향했던 것만은 아니다. 허공과녁을 향해 수없이 날렸던 돌맹이, 화살, 창들은 떨어졌지만, 떨어진 그 자리에서 그는 새로운 '땅의 과녁'을 발견한다. '삶과 운동이 함께 있는' 구체적이고 건강한 땅의 자리. 그 자리에서 노동이 꽃비로 날리고 아름다운 시로 피어난다. 순결의 열정체로서 돌멩이가 부드러운 흙으로 바서졌을 뿐, "짱짱하고 꼿꼿하게 붙박혀 / 한길로 살아가(「나사못」)"려는 순결의 원형질은 결코 변하지 않았던 것이다. 1부의 운동판에서 냉엄한 자기성찰 시편들을 통해 지켜오던 순결은 2부의 「가스라이터」같이 자잘한 삶의 세목에 관한 시편들에서 보이듯 결코 그 농도가 옅어지지 않았다. 오히려 순간 숨이 멎을 정도로 순결의 농도가 더욱 짙어진 느낌이다.

> 허걱
> 라이터 돌을 돌리고 돌려도
> 불을 뿜지 못하는 놈들이 아주 가끔 보인다
> 가스가 없다
> 온전히 다 태운 것이다
> 내 생이 다한 것처럼 숨이 멎는다.
> ─「가스라이터」 중에서

III

전집처럼 한권에 27년간에 걸쳐 써온 시들을 모두 묶어놓으니 1부에 실린 상당 부분의 시편들은 오늘날 독자들에겐 시대착오적인 시처럼 보일지도 모르겠다. 그가 싸웠던 80년대의 적은 너무 분명했고 단순했다. 하지만 90년대 이후 그 적은 너무 모호하고 다양해졌다. 이젠 인간의 자유와 노동자의 권리, 민족, 민중의 해방을 억압하는 적을 80년대처럼 미국, 독재정권, 자본가, 고용주라고 간단하게 단정 짓기 힘들어졌다. 인권과 생명을 억압하는 힘들은 형체를 분간하기 힘들 정도로 분산됐다. 심지어 그 적은 마치 컴퓨터 바이러스처럼 우리 자신의 정신과 의식 속에 욕망의 형태로 또는 문화라는 가면을 쓰고 우리 안에 깊숙이 침

202

투해 들어와 있다. 90년대 공산주의의 몰락으로 전 세계를 욕망의 식민지로 전락케 한 자본주의라는 적에 자신도 모르는 사이에 자발적인 동조자가 돼가고 있는 것이다. 그렇다면 오늘날 시인의 사명이란 교묘하게 감춘 억압의 현실 이면을 들추어내어 그 추한 속 모습을 드러내는 것이 될 것이다. 더불어 시의 무기도 더욱 정교하고 치밀해져야 할 것이다.

하지만 그의 시는 정교하고 치밀한 무기를 갖고 있지 못하다. 우직할 정도로 솔직하다. 그건 그의 삶이 솔직했기 때문이고, 그의 시편들은 증인처럼 그 삶을 따라간 발자국이며 감시탑이었기 때문이다. 더구나 그가 한생을 던졌던 80년대는 그런 시적 기교와 복잡함을 요구하던 시대가 아니었다. 어떤 웅변보다 힘차고, 어떤 수사보다 설득력 있게 역사의 한복판을 꿰뚫는 화살 같은 시가 요구되던 시대였다. 팔레스타인 민중시인 마흐므드 다르위시가 "내 글이 꿀이 되었을 때 / 파리들이 내 입술을 덮어버렸다(「시편 3」 중에서)"고 노래한 것처럼, 어떤 눈물보다 슬프고, 어떤 상처보다 아프고 여리게 시대의 아픔을 노래하던 비가의 시대였다.

그러니 1부의 대다수 시편들이 적시(適時)하지 않았다고 해서 한 권으로 묶은 이 시집의 의미를 이동일 개인 시사(詩史)로 축소해서는 안 될 것이다. 그가 온몸으로 밀고 해쳐 나온 80년대는 우리 모두가 함께 지나온 80년대다. 자유와 행복이라는 양도할 수 없는 천부인권의 권리를 누리고 행사할 터전인 '민족과 민중' 그리고 자본으로부터 '노동자의 해방'을 위해 그 어느 민족, 어느 시대보다 순수하고 치열하게 싸웠던 자랑스러운 우리의 과거다. 느슨한 오늘이, 수치스런 미래가 예감될 때마다 다시 꺼내서 자신의 참모습을 비춰줄 거울이다. 현실 변혁에 온몸으로 참여한 자나, 그렇지 못한 자 모두가 자긍심과 부끄러움으로 바라봐야 하는 우리 모두의 자화상인 것이다. 그런 의미에서 그의 어머니가 겪은 민족사의 비극을 어머니, 나, 딸아이 삼대에 걸쳐 2부 연작으로 엮은 「앉은뱅이의 꿈」은 우리 모두의 비극사요 동시에 딛고 일어서야 할 희망이다.

이동일 시인의 생업인 흙 건축 '행인' 사무실은 강원도 횡성 어답산 기슭에 이
층 한옥으로 지어져 있다. 그는 그곳에서 새로운 운동을 꿈꾸고 있다. '행인서
원'이라는 밑그림을 그려놓고 주변에 흙집들을 지어갈 생각이란다. 그리고 더
이상 조직과 노선 투쟁으로 서로 배반하고 떠날 필요가 없는 '함께 걸어갈 동행'
을 그곳으로 모이게 할 생각이란다. 동행이 모여 '어떻게 사는 길이 올바로 사는
길'인가 함께 고민하고 행동으로 실천할 것이란다. '운동과 삶이 함께 있는' 못
다 이룬 80년대의 꿈을 실현해보겠단다. 독한 시인의 순결이다.

그는 비록 업(業)으로 살림집인 흙집을 짓지만 외형만 자연과 생명친화적인
우리 전통을 빌리지는 않는다. 살림집으로 우리 흙집은 사람의 영혼이 깃드는 공
간이며, 터 잡은 마을의 정신과 문화를 이어내리는 살아있는 역사라는, 우리 전
통 흙집의 외형과 정신 모두를 업으로 짓고 있다. 그 한 예로 그는 흙집을 지을
때마다 집 주인과 그 마을 사람 모두를 불러 함께 상량고사를 드리게 한다. 인연
이란 부제가 붙은 「상량 축시」는 이를 위해 그가 짓고, 상량고사 때 그가 직접 낭
송한 시이다. 단단한 돌멩이로 한생을 역사에 바치고 부드러운 흙으로 나머지 한
생을 세상에 바친 그의 삶을 매듭질 시집을 냈으니, 그를 대신해 그의 시로 축하
의 마음을 대신한다.

상량 축시
— 인연

누가 알았겠니
수십 년 홀로이 서 있다가
네가 기둥이 되고
내가 도리와 보가 되어
집의 뼈대가 될 줄이야

누가 알았겠니
수십 년 따로 살다가
네가 남편이 되고
내가 아내가 되어
생의 부부가 될 줄이야

누가 알았겠니
수많은 세월처럼 서까래가 걸리고
지붕을 이어 비를 가리고서야
벽을 치고 창을 내어
온전한 집이 되는 것을

누가 알았겠니
서까래처럼 수많은 날들
한숨과 눈물로 견디고서야
아비와 어미가 되고 자식이 되어
온전한 가족이 되는 것을

또 누가 알았겠니
당신의 손으로 집의 뼈대가 서고
당신의 손으로 지붕을 얹어
당신의 손으로 벽을 쌓고 창을 내어
당신의 손으로 단장을 할 줄이야

또 누가 알았겠니
당신의 손이 밥이 되고
당신의 손이 사랑이 되고
당신의 손이 위로가 되어
당신의 손이 삶의 의미가 될 줄이야

그렇게 온전한 집이 되고, 삶이 되는 길에
맺은 인연이여……
노동으로 꽃피운 정직한 삶에 바치는
상량이여

생각의 끝은 늘 길에 닿아 있다

지은이 이동일
초판 인쇄 2010년 4월 1일
초판 발행 2010년 4월 10일
펴낸곳 논형
펴낸이 소재두
표지디자인 김예나
본문편집 김자영
등록번호 제2003-000019호
등록일자 2003년 3월 5일
주소 151-805, 서울시 관악구 성현동 7-77 한림토이프라자 6층
전화 02-887-3561
팩스 02-887-6690
ISBN 978-89-6357-002-0 03810
값 10,000원

이 도서의 국립중앙도서관 출판시도서목록(CIP)은 e-CIP 홈페이지(http://www.nl.go.kr/ecip)에서 이용하실
수 있습니다. (CIP제어번호: CIP2010001116)